ハヤカワ文庫JA
〈JA1365〉

ダンジョンクライシス日本

緋色優希

早川書房
8325

目次

ダンジョンクライシス日本

登場人物

鈴木肇……………………………愛知商社社員。元自衛官
小山田……………………………同課長。元自衛官
霧島醍醐…………………………同社長。元自衛官
スクード・ギュフターブ……探索者ギルドのギルドマスター
アンリ……………………………同サブギルドマスター
アニー……………………………同職員。獣人
ナリス……………………………同鉱石部門の売買責任者
リーシュ…………………………同職員。銀髪の魔法少女
正さん……………………………飲み屋〈マサ〉のオーナー
フィリップス……………………第21ダンジョンの補給担当士官。少尉
ロバート…………………………同２５１２駐屯所の責任者。中尉
ジョンソン………………………同代表駐屯地司令官。大佐
エバートソン……………………日本ダンジョン探索統括部部長。中将
青山武志…………………………自衛官。肇のレンジャー訓練時の相棒
山崎真吾
佐藤大地
池田守
合田和雅
……………………自衛官。肇の自衛隊時代の同期
鈴木一樹…………………………肇の父
鈴木香住…………………………肇の母
鈴木亜理紗………………………肇の妹
鈴木淳……………………………肇の弟
相原美希…………………………淳のガールフレンド

第1章　想定外の事態

1　ダンジョン・ドライブ

今日の仕事は、いつもと違い、少し心が躍るものだった。

いつもの仕事？　魔物溢《あふ》れるダンジョンに、トラックで水だの食い物だのを届けるのがメインさ。だって、そういう仕事を請け負っている会社に勤めているんだから。

自分はいたって平凡なサラリーマンだ。まだ若いから、こんな体力勝負の仕事もしていられる。鈴木《すずき》肇《はじめ》二十四歳、身長百八十五センチ、体重七十五キロ、顔はフツメンだ。

まあ、俺がどんな感じかは、近所の自衛隊駐屯地の開放日に遊びにいってみてくれ。俺っぽい感じのガタイのいい兄ちゃんがいっぱいいるから。元自衛官で、レンジャー訓練へ行かされたこともある。

自衛隊みたいに丸刈りにはしてないが、黒くてしっかりした髪は、短めにする習慣がついていた。父親の家系にも母親の家系にも禿げが見当たらないのは、これから先の人生においては大きな安心材料さ。

今、米軍車両のハンヴィーを駆って、ダンジョン内の補給基地、正しくは補給専用の駐屯所へと向かっている。ここは第21ダンジョンの5号通路、入り口から補給所へ向かうメイン通路、ルート15だ。実際に車が走れる幅は五メートルほど、洞窟自体の最大幅は六メートルくらいかな？

すれ違えないこともないが、事故防止のために狭い山道みたいに待避所も設けられている。高さも同じようなものだ。まあ、そのまんま洞窟だ。車輪が接地できる幅は思うよりは少ない。元から広くなっている場所もあるから一概にはいえないが。

俺はダンジョンラジオのチャンネルを合わせながら、ご機嫌にハンヴィーのハンドルを握っていた。窓を開けて走れば、エンジン音がダンジョン内に反響して凄い迫力なんだが、ダンジョンではそれはご法度だ。

もう、この仕事を始めて二年になる。ダンジョンの探索をしているのは誰かって？　冒険者？　ノンノン。そんなの、米軍に決まっているだろ。だって、ここは日本なんだから。

日本国内に全部で四十あるダンジョンは、すべて日本政府が管理している。一般人は立ち入り禁止だ。俺のように、業務で立ち入る人間は別だけど。いわば、米軍基地の従業員と同じ扱いだ。首には米軍発行のＩＤカードをぶらさげている。

ひとつ違うのは、そこが明確に日本国内ということであり、日本の主権が及ぶということだ。最初アメリカは強引に、〝米軍基地としての接収〟を要求していたが、さすがに日本国内の猛反発があったので、今の形に落ち着いた。

自衛隊は死傷者が出るとまずいので、中には入っていかない。日本人で中に入れるのは、俺のような米軍相手の業者の人間だ。

最初は自衛隊も災害用ロボットを中に入れていたが、魔物と遭遇すると、あっというまに壊された。自衛隊も今はダンジョン入り口の警備を担当している。それでも、全部で四十箇所もあるので、大変なことだ。

当初、中国、ロシア、東南アジアの某国などは、国連での調査を激しく主張していたが、これはあくまで日本国内の出来事であり（事実だ）、日本国内の治安維持についての懸念を、日本政府がアメリカ政府に相談した、という体裁をとっている。

その後、日本領空侵犯や領海侵入の件数がいつもの数倍になり（これはとんでもない数だ）、空自や海保の連中がさぞかし悲鳴を上げていたことだろう。

アメリカがこれらの国々の暗部を激しく突《つっ》いた結果、みんなしぶしぶ引っこんだ。ちょっと激しい人権侵害に関わる出来事が、国際社会で話題になりつつあったタイミングだったので、これらの国々は早々に諦めたようだ。折しも、クリミヤ半島でまた火種が燃え上がり、ロシアだって本来は日本なんかに構っていられない状態だったのだ。

今は大人しく情報収集に努めているらしい。何か成果が上がったら、意味不明な〝分け前〟の要求をしてくるかもしれない。

そんな時、日本政府は遺憾の意を表明し、自衛隊員はコーヒーを飲みながら、それをニュースで見ているだけだ。だってほかにどうしようもないし。

米軍はいつも意気揚々とダンジョンから獲物を持ち帰ってくる。アメリカ政府が報奨金を出しているので、いつも志願者でいっぱいだ。米国本土からも、たくさん兵隊がやってきている。日本国内の治安維持の応援という名目でだ。魔物退治ということで脳汁も溢れているんだろう。傍から見ていると、実に楽しそうだ。

自衛隊でも、それをうらやましそうに見ている人もいた。かくいう自分も自衛隊にいたので、よくわかる。

自衛隊は、やりがいはあったけれど、心身共にしんどかったので辞めた。自分にはちょっと向いていなかったのかもしれない。別に体を壊したわけでもないし、心を病んでいたわけでもない。

それでも、いろいろ経験できて本当によかったと思っているんだ。ちょうど、この仕事が就職案内で出ていたのでキリをつけた。現場が現場なだけに、自衛隊出身ということで歓迎してくれた。新卒で自衛隊に入ったので、当時はまだ二十二歳だったたし。

うちの会社の現場は、元自衛官が多い。気が置けないし、頼りになる。おたがい、きびきびしているしな。そもそも、うちは幹部自体が、自衛隊出身だ。というか、OBが作った会社だから。輸送隊や施設科（工兵部隊）のやつがほとんどだ。戦闘技術とかまったくいらないし。

そして、今日みたいにご機嫌な仕事にありつけることもある。今日の仕事は、ハンヴィーの搬入だ。それも、ただのハンヴィーじゃない。外部には、Mk19自動擲弾銃を搭載した防弾板付きの銃座を持っている、ごついヤツだ。

米軍は何と戦うつもりなんだ？　Mk19は、40ミリグレネードの高速発射装置だ。こんな狭いダンジョンで使うのは自殺行為の代物だが。だからだろうか、牽引《けんいん》するトレーラーには換装用に、通常武装の範囲になるM2重機関銃も積みこまれている。

まあ、かくいう俺も魔物なんてものは、ニュースやネットで見ただけだ。それもゴブリンとか、コボルトとかのチャチなやつばっかりだ。政府が規制しているのかもしれない。〝部位〟だけなら見たことはあるが、外観も大きさもまったく想像がつかない。米軍のやつらは、思いっきり吹くんだ。

二年もこの第21ダンジョンへの輸送業務で働いているのに、ただの一匹も魔物を見たことがない。このあたりは米軍が魔物を掃討して、いちおうは安全を確保した第1侵攻ラインだからな。魔物が見たければ、多分第3ラインあたりまで行かないと見られない。そうでなくては、民間人が仕事で入りこむことはできないだろう。

この第1侵攻ラインは距離にして入り口から十キロの地点になる。第2ラインは十五キロ、第3ラインは二十キロの地点だ。これらは米軍による侵攻のためのベースラインだ。よっぽどお宝の匂いがするらしくて、アメリカの力の入れようときたら半端じゃない。

四十箇所のダンジョン全域に、二万人の米軍部隊が投入されている。これは従来の在日米軍の半数にもなる数だと言われている。この第21ダンジョンは大きいため、二千人の兵力が投入されている。

別に全員が戦闘部隊なわけじゃないけどね。彼らはだいたいが本土からの増援だ。在日米軍には、海兵隊を別にすれば陸上部隊などほとんどいないはずだし。

隣の席には、顔見知りの米軍の補給担当の士官がいて、『ハジメ、おまえが運転していけ』と言ってくれたのだ。彼は、自衛隊出身の俺が、動きもきびきびしているので、気にいってくれている。軍の経験者以外は、ここへ来るべきではないと考えているようだ。

本来ならこんな戦闘車両の搬入は任せてもらえないので、リヤシートにすわっていく予定だった。帰りには、整備用の通常タイプの非武装のハンヴィーを持ち帰る予定だ。そいつは、俺がそのまま乗って、会社の整備場まで運搬する。

正規の米軍基地ではないので、そういう作業まで民間が受け持っていた。ここは補給所であって、ベース、基地ではない。沖縄の正式なキャンプとも異なり、いつなくなるのかよくわからないような、文字どおりの駐屯所にすぎない。

固定の建物は、地上にある司令部の建物とかだけで、ダンジョン内にある駐屯所はダンジョン内の地形を利用したものだ。

今日は戦闘車両及び武器弾薬の納品があるので、担当士官の人と一緒なのだ。通常、こんな業務を民間がやることはないのだが、ダンジョンの中は弾薬の消耗が激しい完全な〝戦闘地帯〟だ。

補給が追いつかない面もあって、そんな業務までやっている。平時では、通常ありえないことだ。いや、厳密には平時とはいえないのかもしれないが。日本にとって、これはすでに有事だ。陸上自衛隊が、初の戦闘出動をしたほどの事態だったのだから。

そして、米軍は深刻な人手不足に陥っている。人が余っていると、ダンジョンのほうへまわされてしまうせいだ。武器弾薬の納品には、米軍士官が立ち会い、それらは厳重に封印されている。そのあたりの扱いは、日米政府で厳重に取り決められているため、破ると罰則は非常に厳しい。

いつもなら、4WDトラックで行って、すべて自分で手降ろしする。積みこみも自分だし。

今回、俺は納品手続きと車両引き取りだけの予定だったのだが、米軍のドライバーが急に体調不良を起こしたので、俺に運転を任せてくれた。米軍士官は自分で運転したくなかったのに違いない。ハンヴィーはドライブに向いた車ではない。

今日はトレーラーに武器弾薬を積んでいるため、封印が施されている。俺が触ることは許されない。同梱のその他の物資もそのままの状態で、すべて引き取ってくれるから楽だ。

迷宮内ではうまく電波が届かないから、あちこちに電波の中継ステーションが設けられていた。岩肌ばかりだった迷宮には工事の手が入っている。初めはビビっていた工事関係者も、今は工事特需にわいている。

米軍は無数に分岐するあらゆる通路に、舗装や補強などを繰り返していった。LEDパネルの照明も完備されて、電源・通信ケーブルも縦横無尽に壁を走っている。とてつもない公共投資の額だ。

ダンジョン登場時には下がっていた日本の株価も今は上がっている。そしてNYダウやナスダックなどのアメリカ株も順調に上がっている。あの金の匂いに敏感な連中が、何かを嗅ぎつけているのだ。

俺もひとくち乗っている。株の上手い上司に薦められたのだ。

「商社・資源関連がおもしろいぞ」と、彼は意味深にささやいたので、素直に忠告にしたがった。買った銘柄はすでに一・五倍になっている。ゼネコン関係も悪くなかったかな。

監視カメラも各所に配置されているし、万が一魔物でも出たら、米軍兵士が我先にすっとんでくる。報奨金がかかっているため、獲物の奪い合いも激しいのだ。狭い迷宮をスピード命ですっとんでいくそうだ。あいにくと、そんなおもしろい場面には一度も出くわしたことはない。

この迷宮は広く、各通路もそれなりの広さと高さがある。幅広なハンヴィーのサイズでも、楽にすれ違うことはできる。ただ洞窟状になっているため、端っこのほうはトレーラーを引いた同士だと辛い。そのため電子的な監視システムがあり、停止信号が出されることもある。

通りすぎるさいには、譲ってもらったほうが派手にホーンで挨拶し、待機するほうもさらに派手にお返しするのが決まりだ。うん、気持ちよく譲り合いだよね。今日はせっかくのハンヴィーなのに、対向車が来なくて、つまらないな。

俺は停止信号を出してくれるLED表示板に目をやりながら、いささか失望を隠しきれなかった。一方、補給担当士官のフィリップス少尉は、ラジオの米軍向け放送の音楽にご機嫌で鼻歌を合わせていた。

『楽しそうですね』

俺は、いつもより若干伸びすぎたきらいのある髪をもてあそびながら、彼に言葉を投げかけた。

『ん？　いや、もうすぐ娘の誕生日だからね。わたしは沖縄からの出張だから、それまでには帰るつもりさ』

そう言って、家族の写真を見せてくれた。

彼と同じ癖毛の金髪に、ソバカスがいっぱいの元気な六歳くらいの女の子だ。奥さんもなかなかの美人だ。彼は癖毛の前髪をかき上げながら、家族の写真に見入っていた。

車を運転するくらいなら、そうしていたいよね。彼はここでは、それなりに偉い人なのだから。

アメリカ人って、こういうのが好きだよなと思いながら、俺にも鼻歌が伝染していった。なんか自衛隊時代を思い出す。当時は鼻歌などなかったが。

点々と輝くパネル照明に照らされながら、俺は楽しくハンヴィーを走らせていた。この手の車は大好きだ。ハンヴィーにはいろんなタイプがあるが、こいつよりゴツイのは、そうそうはない。

ネットで20ミリ機関砲をつけていたやつを見たことがあるが、あれは例外だろう。こいつは40ミリグレネードを連続発射できるＭｋ19自動擲弾銃を装備している。弾薬箱はＭ2機関銃のものと共通だ。ここのダンジョンには初めて投入されるんじゃないかな。ただＭｋ19は、個人的にはあまり使いたくない。弾詰まりを起こした時に、チャンバー内で炸裂する事故が起きたりすることもある代物だ。滅多にはないけど、勘弁だな。自分が普通科とかじゃなくて、施設科だったせいなのかもしれないけれど。

訓練で使用したことのない火器をいきなり使用するなど、とんでもないことだ。うちは前線に位置する部隊だったけど、自衛戦闘が主体なので、強力な兵器を扱うのは陣地防御が必要な特科（砲兵部隊）のほうが多いと思う。うちは純粋な戦闘部隊じゃなかった。得物は銃器ではなく、主に重機だ。

俺は、ちょっと鉄砲が撃てて、資格がもらえればそれでよかった。イベントなんかあった時には、それなりに仕事もしたし、災害出動の経験もある。自衛隊を経験できて本当によかったと思っている。ただ、やっぱりしんどかったな。自分には、今の仕事のほうが向いているよ。

そんな埒《らち》もないようなことを考えながら、やがて第1侵攻ラインの151補給所に着いた。しかし、誰も近づいてこない。変だな。いつもなら、おちゃらけた黒人兵士のロベルトあたりが、『俺のいつものやつはどこ〜？』とか言って、踊りながら歯をむき出してやってくるのに。腹でも壊したかな？　それにしても人気《ひとけ》がないな。

俺は運転席から降りて、あたりを見まわしていた。

ダンジョンの中だというのに、ちょっと油断しすぎていたかもしれない。

『ねえ、フィリップスしょ……』

その刹那《せつな》、何かを砕くようなものすごい音がした。

振り返った俺の目に入ったのは、おそらくはもう二度と返事をすることはできないだろう彼と、それをまさに食いちぎらんとするかのごとくに咥《くわ》えこんだ、巨大な魔物だった。その数およそ十。

大きな蜘蛛かと見紛うような、巨大な怪物がいつのまにか犇《ひし》めいていた。

くそ、でかい。いや、けだもの系だな、足はいっぱいあるが。顔はでかく、裂けたような口も大きい。でかい牙を生やしてやがる。目は三つか。化け物め。体には禍々《まがまが》しい斑《まだら》模様がある。

先頭のやつは、横向きになったフィリップス少尉を咥えていた。悲鳴は聞こえなかった。素早く後ろから襲われて、声を出すまでもなく即死だったのだろう。力なくこちら側を向いた彼の顔から察するに、苦悶というよりも、驚きの表情を浮かべたまま戦死したようだ。

やつらは機材や資材の影に潜んでいたようだ。監視システムは役に立たなかったのか？　いや、急襲に耐えられなかっただけか。こんなやつらにいきなり接近されては、非戦闘部隊の人間には厳しい。どこから湧《わ》いた？

やつが、フィリップスの血を吸り上げる音が響き渡った。その足元を見渡せば、あたりは食いちぎられた兵士の遺体でいっぱいだった。いまさらながらに漂ってくる濃厚な血の匂い。そこは紛れもない地獄の顎門《あぎと》だった。

2　チェイス

俺は息を飲み、竦《すく》みあがった。だが、俺を救ってくれたのは、自衛隊時代の厳しく苦しい訓練だった。かろうじて心に活を入れて、体を動かすことに成功した。幸いなことにドアから少ししか離れていなかったため、すぐに車内に駆け戻った。ありがたいことに、エンジンはまだかけっぱなしだ。

元の方向に戻ることはかなわなかった。あたりには、大型自動車サイズの魔物たちが犇《ひし》めいていた。ごついトレーラーを背負ったこの車では、それを躱《かわ》して方向転換するだけのスペースがない。銃手がいないため、攻撃を加えることもできない。

いや弾がまだ装填されていないのだ。これはいい教訓になるかもしれない。迷宮に納入される戦闘車両には、すぐ撃てるように弾を込めておけと。

どの道、弾が入っていたとしても、殲滅《せんめつ》できる目処《めど》が立たないため、自分が銃手をやるわけにはいかない。撃つためには、ハッチを開けて銃座につかなければならない。へたすると、その瞬間にフィリップスの二の舞になる。

銃座に積んであるのが、車内から操作できる20ミリ機関砲なら目があるかもしれない。

しかし、40ミリグレネードだと、こっちにも被害が出そうだ。こいつは装甲車じゃない。

このハンヴィーはイラク以来、後方輸送隊の任務でも必要となった軽装甲付きのタイプだが、Ｍｋ19自動擲弾銃の40ミリ弾の近距離の炸裂に耐えられるかどうかはわからない。

ネットで見たが、その攻撃力のほうは50ミリの装甲を破れるとあった。

だが防御力は、イラクでも装甲を追加したハンヴィーが敵の攻撃にまったくといっていいほど耐えられなかったために、一部でしか使われていなかった装甲車を急遽生産して配備されたという。

ハンヴィーは装甲車ではない。自衛隊でいえば、兵員輸送目的の高機動車などにあたるものだ。基本、戦闘車ではない兵員の移動に使われる乗り物なのだ。世界じゅうに兵力を展開するために開発された米軍車両だから汎用性は高いのだが。この車は軽い装甲があるだけマシだけれど。

本来ならば、前線地区のもっと広いところで使う意図があるのだろう。Ｍｋ19の射程は千六百メートルもある。七十五メートル以内では射手が被害を受ける可能性があると言われる。

それにMk19は、俺が扱ったことがない危険な兵器だ。これでいきなり戦うのは無謀というほかはない。トレーラーには12・7ミリライフルや軽機関銃、自動小銃も入っているが、取りに行って死にたくない。それが通用するかどうかもわからない。使い慣れない武器は、いきなり使えない。そのタイムラグが命取りになりそうだ。

これがもし、ハンヴィーではなく、車内から操作できるMk19自動擲弾銃とM2重機関銃を連装した銃塔を持つタイプの装甲警備車か何かであったならば、車内に立てこもり応戦する気概もわくのだが。

元自衛隊施設科隊員にすぎない俺は、瞬時に逃走を選択した。

めざすのは、怪物の群れの向こうの第2侵攻ラインへと向かう通路だ。あっちには、バリバリの戦闘集団が待機しているはずだ。獲物を引っ張っていけば、逆に礼くらい言われそうだ。

アクセルべた踏みで怪物どものあいだを縫って、強引にすり抜けた。この車はアクセルをどんと踏まないと動かない。魔物に当たりながらも、なんとかすり抜けに成功した。とりあえずの窮地は脱した。ふう、寿命が縮んだぜ。あいつら、へたすると、このハンヴィーよりも大きいのだ。

ドライブレコーダーのデータをボタン一発で送信する。なんらかの事故が起きた場合、原因究明用に送る決まりになっている。救援される確率も上がるはずだ。これ自体がSOS信号のようなものだ。口が利けないほどの状態でも、すぐさま事態を把握してもらえる。

通路を猛速で駆け抜けながら、ハンズフリーで緊急連絡を入れた。全開のエンジン音が凄すぎて、自分でも何を言っているのかわからない。ここではいつもそうなので、コンピューターがマイクの音だけ拾って、まわりの騒音を抑えるように自動で音の調整をしてくれる。

「メーデー、メーデー、メーデー。非常事態発生、救援を要請します。こちらは、ルート15にてハンヴィー輸送中の鈴木。第1侵攻ライン、151補給所にて正体不明の大型魔物の襲撃を受けました。到着時、すでに151補給隊は全滅していたと思われます。兵士の遺体を多数確認。生存者は見ていません。十数体の大型魔物に占有されていたため、生存者の存在は絶望的。同行のフィリップス少尉は戦死。現在、ルート25にて第2侵攻ラインへ逃走中。ハンヴィー相当の体軀を持つ、大型魔物多数の追撃を受けています。2512駐屯所にて迎撃されたし。映像データ転送します。繰り返します。メーデー、メーデー、メーデー。非常事態発生、救援を要請します……」

大仰な物言いだが、こういう形式なのだ。〝メーデー、メーデー、メーデー〟と3回繰り返すのは、国際ルールに則《のっと》っている。航空機で有名だが、民間車両にも適用される。車両がそんな事態に陥ることは滅多にないが。なおこれは、別にトレイン行為ではない。マニュアルに則った行動だ。米軍とも刷り合わせができている。定められた仕様の通信機器には、〈エマージェンシー・コール〉の赤いボタンがあり、ダンジョン内で魔物と遭遇をした場合は、これを押す決まりだ。

米軍にも情報が行くため、戦闘部隊が準備して対応してくれる。今まで、さほど問題があったことはない。少なくとも今日までは。俺のような後方の民間非戦闘員が魔物と遭遇することなど、普通はないのだ。

「鈴木！　大丈夫か」

無線からこぼれだす、小山田課長の声にホッとする。

「ええ、今のところは。ただ、このハンヴィーと同じくらいでかいやつがまだ追ってきています。舗装路ですからまだ逃げられていますが、かなり速いです。懐に入られたらヤバイかもしれません。トレーラーを切り離せませんでしたので、こっちもスピードが出ません。ひと噛みで、人間がちぎれかけていました。充分な対応が必要です」

俺はやや、捲《ま》くし立てるような感じで報告した。

「わかった。米軍も補給所の異常は確認した。おまえの送ってくれた映像も米軍に届いている。現在、交通管制システムと監視カメラで追跡中だ。連中も仲間の仇討《かたきう》ちだから、目の色変えているよ。安心しろ。とにかく落ち着いて行動してくれ」

「了解です」

やっぱりこの課長はいいな。この人は、人を落ち着かせる名人だ。同じ自衛隊出身なので、とても信頼している。ちらと後方をサイドミラーで確認したが、トレーラーを繋いでいるんでよくわからない。

ガツンっ。いきなり衝撃が来て慌てた。落ち着けよ、元自衛官。ハンドルをしっかり握り締めながら、ちらと右を見ると、窓のすぐ傍をやつが走っていた。マジかよ。後ろのトレーラーに一匹くらい乗っていても、驚かないぜ。ちっ、ちょっと前に出られた。道を塞がれたら終わりだ。慌てて、なんとか抜き返す。そして、ブロックしながらの逃走劇となった。ゲームじゃねえんだが。

こうやって、横に並ばれると改めてでかさを実感する。この、ド迫力のB級映画ばりのカーチェイス？　は、ドライブレコーダーだけでなく、ダンジョン内にめぐらされた監視カメラを含む通信システムで、米軍司令部やダンジョン内の駐屯所、うちの会社にもライブ配信されている。

こういう時は、兵隊どもが我先にスクリーンの前に殺到するらしい。今日のアクターは俺だ。まったくありがたくないね。でもフィリップスの役よりはまだマシだ。

さすがのハンヴィーも、こんな怪物相手にぶちかましはキツイ。向こうのほうが、たっぷりと身が詰まっていそうだ。どうするんだ、これ。銃座の武器には弾薬は装塡されていない。弾薬は後ろのトレーラーの中だ。

手元に銃器もない。車内にあるのは、水、食料、その他で、武器関連はない。勘弁してほしい。泣いていいかな？　いま時速七十キロだが、装甲を施し、荷物満載の重量級トレーラーを連結したこの車には、これで目いっぱいだ。

騒音が酷すぎる。自分の声も聞こえやしないぜ。重たいトレーラーを引いているので、本当はもっとスピードは落としたいんだけど。それをやったら、確実に死ぬ。

お、明かりが見える。きっと２５１２駐屯所だ！　助かったぜ。世界最強の米軍の戦闘力を信じて、俺はその明かりへと突っこんでいった。

3　たどり着いた世界

だが、そこには米軍はいなかった。いきなり明るく広い空間に出てしまった。自然光のようだ。そんな馬鹿な。いつのまにか、怪物どももいない。どこに行きやがった。まさか屋根の上とか？　生きて帰れたら、迷宮仕様のハンヴィーの屋根には監視カメラを装備することを提案するぞ。

迷宮仕様に標準装備の、左右と後ろのカメラで見たがどこにもいない。後ろに隠れているといけないので、くるっと車を動かしてみたが、どこにもいないようだ。屋根の上にもいないだろう。車の動きでわかる。

どこかに車を止めて、トレーラーから弾薬を取り出す時間があるだろうか。しかし、俺はMｋ19自動擲弾銃など扱ったことがない。恐る恐るドアを開けてから、おっかなびっくりで屋根の上を確認すると、ためていた息を吐き出した。

こんな状況に陥るのならば、もっと射撃訓練をしっかりやっておけばよかったぜ。誰が思うだろう。自衛隊を退官して何年もたってから、高度な射撃技術を役立てる必要に迫られるなんて。

自衛隊時代は、自動小銃を年間二回、各百発足らず、それくらいだったろうか？　割と成績はよかったので、追加の射撃訓練はさせられなかった。それでも、後方部隊よりはかなり撃っていたように思う。ひときわ体力馬鹿だったので、部隊レンジャーの訓練は行ったが、銃での戦闘にかぎっては、普通科の人に比べれば自信がない。

ボーナスが出ると長期休みにグアムまで、小銃での単発射撃を中心に銃を撃ちにいったりもしていた。特にレンジャー訓練の前は、土日に少し休みを繋げて、わざわざ特撃ちみたいな感じで撃ってきた。

銃を撃つことに関して、自衛隊も一部の人間を除いて、大概は腕に自信があるというわけではない。自衛隊時代は、射撃検定を受けさせるならちゃんと射撃訓練はやらせてくれよ、と思ったもんだ。

ただ、みんな課業がいそがしいから、射撃訓練の時間が取れないということもある。そのあたりの事情は、普通科には敵わない。

各種検定の表彰を受けて、ネットにアップされている人を見たら素直にうらやましいと思ったものさ。

通常の軍隊なら工兵にあたる施設科は、災害・有事共に比較的、歩兵などにあたる普通科よりも最前線に位置することも多い部署だ。

陸上部隊では、偵察を除けばまっさきに敵の銃火にさらされるポジションにある。偵察と違って、隠れるわけにはいかないしな。

口の悪い人は、実戦では普通科より先に施設科が全滅すると言っている。本当に弾の飛んでくる本番であれば、状況によっては充分ありうることだが。

そのため、近接戦闘も行なう可能性が非常に高い。有事には、普通科よりも死傷者は多いだろうと想定されている。普通科以外では、一番射撃訓練の弾数は多いとされているが、どうだろう。そこまでの実感はない。

うちは、いわゆる〝土木部隊〟だった。自衛隊全般そういう傾向にあるのかもしれないが、施設科の仕事は多岐にわたり、同じ施設科の人間でも、他部署が何をやっているのかまで、すべて把握しきれない。各部署それぞれ専門職種だ。それなりにいろいろは経験させてもらったのだが。

そのストレス解消のため、自衛隊を辞めてこの仕事に就く前に、グアムで撃ちまくってきた。高かったが、アサルトライフルも数百発は撃ってきた。その他もいろいろ、かなり撃った。

まだ。

「自衛隊での数年分以上を、一日で撃ってやったぜ！」とドヤ顔していたようなありさ

俺はやむを得ずに車を止めた。この先の通路がどうなっているかわからないためだ。

いきなり奈落の底は勘弁してくれ。

マジで、ここはどこだ。距離的に、第2侵攻ラインの駐屯所には届いたはずなのだ。

しかし、こんな場所ではなかったはずだ。拡張工事でもしたのだろうか。そんな話は聞いていないが。そして、誰もいないし、なんの装備もない。駐屯部隊が死体になっているわけでもない。

電源配線や、照明設備もない。放棄したのではなく、最初から痕跡がない。後方を見ると、あちこちにダンジョンの暗い通路があり、前方には明かりというか、はっきりと陽光とわかるまぶしさが、目を焼いた。驚愕した俺は思わず叫んでしまった。

「なんだっ！　馬鹿な。地下ダンジョンの奥深くで、あんな太陽光のような光が差すはずはない」

そして、何か違和感があったのだが、その正体がわかった。

この場所は〝コンクリート舗装〟されていない。その代わり石が綺麗に敷き詰められている。このダンジョンに、こんな駐屯所があったか？　いや、米軍の駐屯所なら例外

なく、コンクリート舗装のはずだ。

米軍は必ず車両で移動するため、平坦に舗装されている。先にある程度掃討しておいてから、警備付きで工事を行なう。そのあいだに他地域での侵攻作戦を行なう。彼らは、この作戦をなぜか〝侵攻〟と呼んでいる。理由はよくわからないが。

重量物が通過できることを前提にし、柔らかくメンテが手間なアスファルトは使用されない。必然的に、ダンジョン内の米軍の制圧地域はコンクリート舗装となっているはずなのだ。長く使う予定なのだという。

相変わらず、魔物の姿は確認できない。俺は、そっと車を降りた。ああ、やはり、これは、お日様の光だ。心の底まで温かくなるような。

あたり一面が、真っ白な世界。ハンヴィーの迷彩色が、違和感の塊として鎮座ましている。

俺は思いきって、トレーラーの蓋を開け、米軍の係官が施した封印を破った。あとでお目玉は必至だ。そして手早く車内に銃・弾薬を運びこんだ。

魔物は襲ってこなかった。ホッとするが、とりあえず、銃座の擲弾銃に弾薬をセットした。マニュアルが置いてあったので、そのとおりにセットしてみた。

装塡は慎重に行なった。こいつは装塡ミスをすると、中で炸裂する可能性がある。マニュアルもひととおり見てみたが、これくらいなら扱えそうだ。もともとが、そうごたいそうな兵器じゃない。

俺は落ち着いて、持って来た缶コーヒーを一本飲みほした。美味《うま》い。一滴一滴が沁《し》みるぜ。

車内に置いた武器は、まず12・7ミリ対物ライフルだ。ダンジョンでは非常に有効な武器として、どこの米軍分隊にも装備されている。分解されて、封印された物を輸送したこともある。こいつもグアムで撃ったので、扱いはわかる。

そして7・62ミリ軽機関銃、5・56ミリ自動小銃などの機関銃類。そして45口径自動拳銃。米軍も通常は9ミリ拳銃がメインのはずだが、ダンジョンでは大口径拳銃が好まれる。米軍の正式拳銃も昔はこれ一本だった。7・62ミリ狙撃ライフル。あとは自動小銃装着用の40ミリアンダーバレル・グレネードランチャーに手榴弾か。

今日は兵装輸送の日だったんで、武器には事欠かない。ただ、絶対に破ってはならない封印を破ったので、厳重な処罰は覚悟しないといけない。へたすると刑務所行きだ。だが裁判では〝緊急避難〟を主張するつもりだ。それくらいは通るはずの状況だ。

日本で、こんなものの弾とかをバラまいたら、翌日に新聞一面トップでワイドショーのスターだがな。あ、ダンジョン内もいちおうは日本扱いだった。

あー、でもこれは……帰ったらワイドショー物の事案かな。秘匿されるかもしれないが。

これらの物騒な装備の数々が、これほど似合う車もそうそうはないだろうな。

ん？　人？　人だ。ダンジョンのほうから歩いてくる。おい、徒歩であんなところを、うろついているのか？　どこの馬鹿だ。

おう！　人間じゃないのかもしれない。毛深そうな狼？　の獣人さん!?　そして、ドワーフの爺さんか？　そして、エルフ！　すげえ美女だ。魔法使いっぽい、ローブを着こんだ少女もいるぜ。よく見えないが、美少女っぽいぞ。コスプレの団体さんかなあ。

ここはダンジョンの中だ……少し、無理があるな。

俺は、ガツンと押しつぶされそうな嫌な感じに包まれていた。とんでもないことになっているような予感がする。

4 見知らぬ街で

俺はいちおう、カメラの動画モードで彼らを撮影しておいた。いい証拠になるだろう。会社では、何か異常な事態に遭遇したら、映像に撮るように指導されている。

彼らは、最初警戒しているようで、戦闘態勢を取っていた。おーい、と叫びながら手を振ってやったら警戒を解いたようで、恐る恐る近づいてきた。ハンヴィーのことを魔物の一種だと思っているのかもしれない。そう見えないこともないな。

『*****』

あ、狼男さんが、なんか話しかけてきた。相手は武装している。狼男さんは、ゴツイ大振りな剣を持っていた。逃げようか。いや、よく考えたら、俺も武装していたわ。もっと剣呑《けんのん》なヤツで。日本語で話しかけてみる。

「あなたあ、日本語～、わかりますかあ」

『***?』

今度は女の子が返してきた。はい、わかりません。無駄と知りつつ、英語で話しかけてみたが駄目で、さらにスペイン語も駄目だった。知っているかぎりのあちこちの国の言葉で挨拶してみた。二十ヵ国ほど試して挫折した。施設科はＰＫＯ活動で外国へ、たくさん部隊を送り出した実績がある。

その記念すべき第一号は古巣の豊川駐屯地だ。偉大な諸先輩に敬意を表して、いちおう嗜《たしな》みとして、挨拶くらいはと思って勉強したのだが、無駄に終わったようだ。この子を口説くのは無理っぽい。超俺好みなのに。

『@@@@@@』

エルフさんが車を指さして、違う言葉らしきもので、何か訊いてきた。困ったな。まあ、あんな物騒な銃座を乗っけていたら、なんか言われるよね。まいったな。エルフさんも、もろにストライクゾーンじゃないか。

これは、なんともならん。車とか、しまえちゃったらいいのに。そう思った途端に、いきなり目の前からハンヴィーが忽然《こつぜん》と消えた。

「ええっ！」

ちょっとタンマ。食い物から何から積んであるんだぞ。っていうか、これ米軍の発注品だから、代金もらいずみの商品だよ。もらいずみというか、代金は米軍が決済している。俺たちは基本輸送や非武装車両の整備などしかしないんだ。このままじゃ、俺が弁償させられる〜。

「出てこい、ハンヴィー」

叫んだら、また突然出てきた。俺は目の玉をまん丸に広げて驚いた。思わず何回も出し入れを試してみた。声に出さなくてもちゃんと出し入れはできた。なんていうか、〝どこか〟にしまってあって、出してこられるような感覚だ。うまく説明できないが、世界の狭間のような場所に置き場があって、そこに物を出し入れできるような感覚だ。

世界の狭間……だと？　嫌な予感に冷や汗が、だらだらと流れる。とりあえず、腰にホルスターつきのベルトを下げて、シングルアクションの45口径ではなく9ミリ拳銃を吊るした。ここからは、魔物ではなく人間を警戒することになりそうだ。

弾薬はチャンバーに送りこんで、デコッキングレバーでハンマーは戻しておく。普通ならチャンバーは空《から》にしておくのだが、様子がわからないので警戒する。ダブルアクションの拳銃は、薬室に弾薬を送りこんでも、ハンマーを下ろしておけばワンアクションで撃てる。

シングルアクションの自動拳銃はこの状態にするのに危険が伴う。本当は45口径を持っていたいのだが断念する。自動小銃は〝どこか〟へしまっておいた。

さっきの人たちは、俺を指さして、何か興奮したような様子で声高に話している。何を言っているのか、皆目わからん。もう一度車を取り出して、トレーラーを切り離し、トレーラーをしまった。

車のエンジンをかけたら、V8‐6・2リッターのディーゼルエンジンの迫力に、みんなビビっていた。ホールいっぱいにコンサートのごとく響き渡った。構わず無線を使ってみたが、応答なしだ。ザーッという空電の音が虚《むな》しく響いた。スマホも圏外だった。燃料がもったいないので、エンジンを切り、車をしまいこんだ。燃料は九割がた残っているから助かったぜ。こいつは見た目よりも燃費はいい。

ここは多分、ダンジョン、迷宮が本来ある世界なのだろう。もともとダンジョンなんていうものは、日本にはなかった。どこかの世界から、やってきた。いや、今にして思えば、繋がっていたというものなのだろう。きっと、ここが、そのおおもととなる世界なのだ。

米軍の侵攻作戦は、ここをめざしていたのかもしれない。あいにく来ちまったのは、物資運搬係の俺なのだけれど。ただ、希望はあるな。繋がっているのなら、帰る道もあるだろう。

時折、ダンジョンでは不可思議な行方不明者が出るらしい。魔物と遭遇して、それでもやられてしまったわけではなさそうなのに、そんな時に忽然と消えてしまうのだ。憶測でいろんな噂が飛び交うが、あくまで噂の域を出ない。どうやら、俺もその仲間入りをしたようだ。

そいつらの中に、帰還した者がいるのではないか。だから、米軍のやつらはあんなに必死なんじゃないか？　陸続きに兵力を送りこめる新天地。資源に満ち溢《あふ》れた、新しい世界をまるまる制圧できるのかもしれないのだ。目の前の人たちを見ればわかる。重武装の米軍を相手にはとうてい戦えそうもない。

彼らは、俺の相手を諦めて歩き出した。あー、可愛い女の子たちが行ってしまった。せっかく話しかけてくれたというのに！　俺も彼らに続いて、先に進むことにした。彼らのリラックスぶりからして、おそらく、ここは基本セーフティゾーンなのだろう。

そこは大広間といってもいいような場所だった。直径百メートルほどの空間。天井は二十から三十メートルの緩やかなドーム状になっている。照明があるとはいえ、薄暗いダンジョンから出てくると、まるで天上の世界のように感じる。光の差しこむいくつかのドアのような空間をくぐったら、同じく石畳のようなものが敷かれた、とてつもなく広い空間に出た。

そして、そこをぐるりと丈夫そうな石の壁が取り囲んで、その上に大型のクロスボウのようなものがズラリと並んでいて、それらにおのおの人間が詰めている。ひと目で兵士とわかるスタイルだ。簡単な鎧と思われる装備に、軽装の兜を被り、帯剣もしているようだ。

彼らの所作は訓練された兵士のものだとすぐに知れた。おおよそ、直径三百メートルといったあたりか。そして、前方には門がある。金属、おそらくは鉄で補強された木製で、がっしりとした作りだ。いざとなったら、それでこの広場は閉鎖されるのだろう。うん、緊急閉鎖シャッターだな。

外へ出てみたが、さらに広場状態になっていて、そこから放射状に石で舗装した道路が走っていた。

そして、異国情緒溢れる街並み。これは西洋系の世界だな。広場には、屋台だのなんだのが立ち並び、人々が笑いさざめいていた。さっきまでの、地獄のチェイスが嘘のようだ。あの魔物を警官に雇えば、もう交通違反をする連中はいなくなるんじゃないかな。

そんな考えは現実逃避というものだろう。ここは、どうやら異世界とでもいうべき世界らしい。

屋台の人は、チュニックと言えばいいような、簡易な服装をしている。気候が暖かいのか、足には簡素なサンダルを履いている。屋台の燃料は薪を使っているようだ。美味《うま》そうな匂いをさせている。くそ、腹が減ってきたな。

まずいな、ここでの通貨を持っていない。なんとかしないと飢え死にだ。手持ちの食い物はあるが、なるべく消費したくない。

このあたりにいる連中は、皆、武装している。槍・剣・弓・斧・打撃武器。鎧を身につけているやつらも多い。革の服だけのやつらもいるな。彼らはブーツっぽい足まわりをしている。ローブを着た魔法使いみたいな連中もいる。魔法なんてものがあるのか？

もしそいつらと銃でやりあったならば、無事でいられるだろうか。情報が欲しい。

だが、さっぱり言葉がわからん。単一の言葉ばかりではなさそうだ。地球で言えば、英語やスペイン語やイタリア語やフランス語で、あちこちでしゃべっているような感じだろうか。

わかっているのは、物体を〝どこかの世界の狭間〟に収納できる能力がなぜか身についているということだ。おそらくは、俺がそこを通過したせいだ。仮に、この収納できる能力をアイテムボックスと名づけよう。

いわばソフトをインストールされたような感じだが、そうなるとソフトには説明が含まれている。そこでは時間の経過がない不思議な世界。米軍兵士が注文した調理ずみ食品を収納してあるが、あとで出しても多分まだ温かなままだろう。それも、なんとなく理解できる。

もうひとつわかっていることがある。収納場所にしまったものは、複製できる。理屈じゃなくて、この収納みたいな能力を身につけると、当たり前のようにわかるらしい。原材料になるものと、それを加工するエネルギーさえあればいいようだ。多分、それが魔力みたいなものじゃないかと思う。見本と材料と電力を加工装置に投入する。うん、理屈には合っている。合っているけどな……。

これらの物資は、大変に貴重な品だ。元本の消費は避けたい。だが、あたりを見まわしたが、助けになりそうなものは何もない。頭を抱えたくなった。

うずくまった俺の前を子供たちの笑い声が通り過ぎる。ふと頭を上げてみると、広場で大道芸などをやっている連中がいた。そういえば、車の中にハーモニカがあった。誰かに届けるためのものだったのか？

売買リストになかったので、うちで手配したものじゃない。うちの会社が誰かに頼まれて載せたものなんだろう。そういうことも受注に結びついていく。

俺はハーモニカを取り出して、しげしげと眺めると、芸をしている連中の仲間入りをすることにした。あまりうるさくなくて人通りの充分な場所に陣取ると、うちの会社の帽子を地面において、ハーモニカを吹き始めた。結構こういうのは得意だったのだ。人が集まって、そこそこコインを投げてくれた。地球の曲だから珍しいのだろう。

俺は礼をして、また次の曲を吹いた。十曲ほどやらせてもらって、それなりの稼ぎになった。広場で芸をするのに、許可はいらないよな？

5　食い扶持稼ぎ

お金を数えてみたが、さっぱりわからない。材質的に銅の合金だろうか。十円玉のように茶色っぽいが、純度がよくないな。合金のようだが、何が混ぜてあるのか、よくわからない。形もローマ時代のコインのように歪《いびつ》だ。比較的小さい感じもするから、小額コインだろう。数枚、銀貨と思われるものもあった。もしかしたら、金貨もあるのかもしれない。紙幣は多分ないのだろうな。

銅貨五十一枚、銀貨二枚。多分、これは高額ではない。御捻りでもらえるようなものだし。おそらく宿も取れないだろう。今日は野宿かな。幸い、気温は低くない。治安が心配だが、車を出してしまっていいかどうかもわからない。ハンヴィーは音があまりにもうるさすぎるのだ。

街の大きさもわからないが、やたらと街の外に出てしまって、あとで街に入れなくなっても困るし、ダンジョンに出るような魔物が出てもやっかいだ。

腹が減ったな。なんやかんやで、もう昼が近い。広場で飯を売っている屋台に行った。何か言われたが理解できないし、言葉が通じないので指を一本立てた。

お兄さんだか、おじさんだかよくわからないような感じの店主が、用意できていた材料で、威勢よく作ってくれた。厚めの生地にボリュームたっぷりの肉や野菜を炒めた物を載せた、熱々の料理だ。それを半分にたたんである。思わず腹が鳴り、受け取ろうと手を出したら、店主は手に持ったそれを上にあげ、反対側の手を突き出した。

えーと、いくらなんだろうか。銀貨を一枚出したら、さっきの銅貨よりもかなり大きい銅貨っぽいものを五枚置いて、飯を渡してくれた。大銅貨?

ボリュームがあって、たっぷり肉が入っていて、いい匂いがする。さっそくひとくちかじってみると、美味《うま》い！　肉汁がこぼれ落ちるのも堪えられないうまさだ。

野菜もはさまっていて、栄養満点みたいだ。大方、魔物肉かなんかだろうが、俺は元自衛官だ。細かいことは苦にならない。

災害が起きた時なんかは、車の中で被災者のかたから見えないように、携帯食なんかを食うのだ。最近はありがたいことに、水を使って袋の中で暖める器具なんかもある。

レンジャー訓練の中でヘビやカエル、ニワトリなんかをさばいて食う訓練はいい経験になった。ヘビとか自分で捕まえるわけじゃないけどね。

俺は三年目を超えたのもあってか、中隊単位で行なうレンジャー訓練に送り出された。曹候補の人なら、三等陸曹、つまり正規の自衛官に上がる人も出始めるくらいの時期だ。厳しい割に見返りがまったくないので行きたがらないやつも多いなか、「おまえのような体力バカなら脱落することは絶対なかろう」と言われたのだ。初めから脱落しそうな人間は、部隊が絶対に出さない。

俺は二つ返事でホイホイと行ってしまった。行きたがらないやつも多いが、行きたいからといって、行かせてもらえるものではないのだ。志願する者もいれば、上から行かされるやつもいる。

「レンジャーになりたい」と言って、憧れて自衛隊に入ってくる人も多いらしいが、中の実態を知れば、前言をひるがえし、楽な部署に配属されたがる人もいる。

あれは厳しい訓練を終えても昇進にまったくといっていいほど影響はないし、ビタ一文手当も出ない。だが、誇りだけは手にできる。それに、ほかのやつからもそれなりに扱ってもらえるようになる。

試験の最後に帰還式というものがある。迎えに来てくれる女の子もいないのに訓練を受けたのは無謀だったかもしれない。涙を浮かべながら可愛い恋人やフィアンセに出迎えてもらう仲間たちを横目に、ゾンビのように歩きながら、さびしく駐屯地に帰ったよ。

地元だったのに家族は誰も来てくれてなかった。別に嫌われているわけじゃないんだ。帰還式というものが、よくわかってなかっただけらしい。普通は誰か来てくれるものだそうだが。うちの家族らしいな。

俺はあれで除隊を決意した。体力作りの期間を含めて地獄の四ヵ月だった。その後もしばらく休養だったし、このへんは配慮されているわけだから、俺が特別にダウンしたわけじゃない。単に限界までやらかしたので、休養させないと課業ができる状態に戻らないだけだ。

訓練をクリアはできたけれど、何かこの先、歳をとってもこういう生活かと思ったら、ちょっと駄目だった。せっかく、任期制隊員なのにレンジャー訓練にも出してもらったのだが、申しわけないけどやめさせてもらった。

自衛隊は五十四歳くらいで定年だけど、仮にそれ以上残ってもよっぽど楽なとこでないと勤まらないとみんな言っている。豊川駐屯地の他部署で、レンジャー徽章を付けたそれなりの歳になった人も、「定年を引き上げてくれたとしても無理、体がついていかない」と言っていた。

幕僚になったって、一般隊員と同じように訓練する。平隊員ならなおのことだ。いろんな人の話を聞いて、自分の意思で決めたんだ。みんなにも相談したし、相談窓口も利用した。

そういったことも含めて、しっかりと上司たちと面談した。中隊長は残念そうにしていたが、文句は言われなかった。自衛隊はきちんと話をすれば本人の意思を重視して、ちゃんとやめさせてくれる。退職する時には、送別会で「お疲れさん」と笑顔で言ってくれた。

同期の仲のよかった連中は、みんな自衛隊に残った。俺は地元だったので、よく一緒に遊びにいったりもした。最近は三曹への昇進も難しい。

曹候補の人たちも多い中で、任期制隊員の三曹の試験合格は厳しいものがある。残留を希望した優秀な人もなかなか残れない中で、彼らは全員優秀だったんだろう。一次試験に合格して、三等陸曹への見込みがある陸士長として、三任期目へ進んでいった。

そして、俺はといえば……いま異世界らしき場所にいる。


先ほど受け取った大きな銅貨のようなものを取り出した。多分、これはいわば大銅貨とでもいうべきものだな。軽食一回の代金とすると、多分銀貨が千円くらいで、五百円お釣りをくれたってか。さしずめ残りは二千円くらいの感覚だな。あかん、宿には泊まれそうにない。

ん？　さっきの狼さんご一行が、店屋で何か交渉している。さっきの屋台に毛が生えたような、壁もないような簡易な店舗だ。あれよりは縦横三倍ほどは大きいが、中にはいろいろと物が並んでいるようだ。見に行くと、何かをどさどさと出している。なんとなくわかるぞ。あれは魔物の一部分みたいなものだ。よく米軍のやつらが得意げに見せてくれた。

『おーい、ハジメ。どうだ、こいつはよ。お宝だぜ〜』

米軍の連中から、しょっちゅう見せびらかされるので、それなりに魔物の値打ち部位は覚えてしまった。

そして、彼らはその報奨金で、栄や錦の店に繰り出すのだ。第21ダンジョンは名古屋近郊にある。俺も実家から通えるんで、仕事場はここにしたのだ。

この大型ダンジョン警備のため、自衛隊の守山駐屯地は増員した。岡崎・豊川方面にも二個のダンジョンが発生しているので、豊川駐屯地も大幅に増員されている。

米兵は遊びに行く時、俺も誘ってくれることもある。米軍には内緒で、頼まれた物とか、差し入れしてやったりすることもあるんだ。まあ、たいしたもんじゃないから、彼らの上官もお目こぼしだ。それで士気が上がるんならいいか、みたいな上も多い。彼らはあくまで現場の人間なのだ。

逆に空気を読まないやつのほうが嫌われる。うちの会社の連中は、そういう裁量に長けたやつが多いから営業成績はいい。

俺も誘われたら断らない。俺の給料じゃ行けない店に連れていってくれるしな。特に黒人兵からは、よく誘ってもらえる。陽気な彼らとすごすのは結構楽しい。

連中も日本は気にいってくれている。やつらはいつもパワフルで陽気だ。興味本位で近づいてくる女の子も少なくない。こっちにも、おこぼれがなかったとは言わない。

『ハジメ！　おまえも米軍に入って、狩りに参加しないか？』

連中ときたら、酔っ払って、無茶なことばっかり言う。

『あいにく、俺は堅実なんでね。ゴールドラッシュは、Gパンやツルハシを売ったやつが勝利者だったんだぜ～』

こっちも酔っ払って、一緒に騒ぐ。ホステスたちも、派手なドレスと化粧で飾り、けたたましく笑って騒いでいた。ダンジョン特需に合わせて、柔軟に対応している店も多いので、本来、俺や連中が入れないような店も入ることができたのだ。

6　狩りの時間

　懐かしい思いに浸りながら、日本の生活を思ったが、それもここまでだ。食い扶持や宿代は稼がないと、今日の夜から悲惨なことになる。そう、ここは異世界にあるダンジョンの街なのだ。ダンジョンを中心に栄え、ダンジョン探索を行なう人間が集《つど》う街、迷宮都市。

　ここは日本で言うところの第21ダンジョン。現地ではなんと呼ばれているかは知らない。日本で三番目にでかいダンジョン、いまだに踏破されていない未知の世界だ。

　俺は、日本の入り口と正反対の場所にある入り口、つまり〝本来あるべき正規の入り口〟にいま現在いるのだ。日本にあるものが、あるはずのない裏口なのだ。

　結論として、ダンジョンで魔物退治をするしかないようだ。幸い武器はそれなりにあるが、情報がわからないのは困るな。言葉だけは早急になんとかしたいもんだ。

　しかし、背に腹は変えられない。俺はダンジョンへと進んでいった。生きるための糧《かて》を得るために。ここを拠点に食い扶持を稼ぎながら、ダンジョンの中にあるだろう帰還のルートを探すのだ。

手には5・56ミリアサルトライフルを握り締めている。一番馴染みのある武器だ。腰には45口径をぶちこみ、手榴弾もぶら下げている。そして、プラスチック爆弾。

爆発物の取り扱いもレンジャー訓練で覚えさせられたし。実際に戦闘になれば重機で排除できない場合、爆発物による処理が必要になるケースもあるだろう。自衛隊では通常やっていないが。

収納、仮に〝アイテムボックス〟と呼ぶことにするが、その中には、40ミリアンダーバレル・グレネードランチャーを装着したアサルトライフル、7・62ミリの軽機関銃、12・7ミリのライフルと重機関銃が、弾薬を装填した状態でしまってある。もちろん、ハンヴィーも用意されている。だが、今のところ燃料は貴重だ。歩いていく。

しばらく歩いていくと、何か不思議な感覚を覚える。体の中に何かが満ちてくるような感じ、感覚だ。なんだろう、これは。もしかすると、これが加工に必要なエネルギー、もしかすると魔力のようなものかもしれない。原料がないから、なんともいえないな。

歩いていくと、そのへんに岩みたいな物が転がっている。あれこれ収納してみると、成分がわかる。ああ、これは！

ただの岩だった。だが、いろんな元素が含まれている。俺は軍用のナイフを複製してみようと思った。なんと、できてしまった。ただのステンレスのナイフだったので、岩の中に材料がそろっていたらしい。魔力のようなものが、ほんの少し減った感じだ。そしてすぐにいっぱいになった。

ははあ、これは。このダンジョンの中には、そういうエネルギーみたいなものがたくさんあって、それが自分の体の中で蓄えられるのか。自分がバッテリーになる感じだ。

土とか岩とかがたくさんあると、原料になるな。

水や空気や植物から、炭化水素とかできそうだ。そのへんから弾薬の材料も取れるのではないか。食い物がどうかだ。小麦粉があると嬉しいが、米は望み薄だな。

あと、言葉をなんとかしないといけない。そして、何より燃料が欲しい。徒歩であのでかい怪物とかにいきなり襲われたらひとたまりもない。斑模様のあいつは音もなく忍び寄ってきた。きっと肉球持ちに違いない。特にぷにぷにしてみたくはならないが。

いったんダンジョンの外に出ることにした。さっきの広場から、街の泉があるのが見えたのだ。

泉につくと、水をゆっくりと収納していった。流れるように、泉はゆったりと渦を巻いた。そして空気も。俺の周りに、軽く風が起きる。収納された分の跡地に空気が流れこむのだ。カマイタチが起きるようなことはない。

もしかすると、そんな技ができるかもしれないと興奮した。それを食らって真っ二つになるのが俺自身ということもありうるが。ディーゼル燃料と、ハンヴィーに必要な各種オイルを複製していく。

複雑な組成のものは、段階をへて作られていくみたいで、加工用のエネルギーも、その分よけいに食う。ただ、一度作った素材は、次からはダイレクトに作っていける感じだ。

かなりの燃料が手に入った。とりあえずは五キロリットルほど作ってみた。米兵の話だと、ハンヴィーはダンジョンのような狭いところを走らせても舗装路なら一リッターで四キロ後半はいくようだ。用心深くゆっくり走ると、もっと悪いかもしれない。これで二万キロは走れるくらいか。

こっちの世界は未舗装だから、アクセルワークの関係上少し落ちそうだ。マップやナビもないので、スピードが出せないから燃費は落ちるはずだ。

なんとか車両本体を複製したいが、材料がないことにはな。

とりあえず、車で行ってみる。暗いな。この世界に来た時は、まだ照明のあるゾーンだった。すると、いきなり異世界に繋がったっていうことなのか？

　Ｍ２重機関銃に換装してくるんだったかな。アイテムボックスで抜き取って、交換してもよかったんだが、40ミリグレネードのＭｋ19自動擲弾銃のほうは重量があるので、一人では再度の換装はできないだろう。

　機関銃では倒せない相手に出てこられると困る。どの道ハッチから体を出さないと搭載武器は撃てないし、Ｍｋ19は近距離では使えない武器だ。早いところ、もう一台ハンヴィーを作ってＭ２重機関銃を搭載しよう。

　ダンジョンに入って、すぐに魔力のようなものは満タンになった。空気を分解していろいろ作りながら進む。空気は窒素が主成分なので、窒素酸化物を生成できる。つまり火薬関係の原料というわけだ。

　さらに、誰も見向きもしないので、ごろごろと転がっている岩や石を運転しながら回収していく。手で触らなくても、目に入った物は収納できるので楽だ。

　薬莢に詰める発射薬と雷管の導爆薬も生成できた。岩から金属素材はひととおり取れていくので、進みながら弾薬が作っていけた。充分に金属素材もあるので、銃本体もかなり複製できた。銃と弾に爆発物がかなり手に入った。

　武器ばかりどんどん作れていくが、肝心の獲物がいない。焦ったが、多分このあたりは入り口に近いので、獲物が狩り尽くされているのだろう。日本側と同じだ。

仕方がないので、岩を回収して、素材作りにはげんでいる。そろそろ車ができそうな勢いだが、素材が複雑なので何段階も複製工程をへているため、時間がかかっている。今日は狩りを諦めて、M2重機関銃を装備したハンヴィーを作ることに専念するか。

そう思ったところ、前方が騒がしい。悲鳴が聞こえる。思わず脳裏に、怪物が咥《くわ》えたフィリップス少尉の死に顔が浮かんだ。逃げよう。とっさにそう思ったが、アホか俺は。何をしに来たんだ。

俺は装備を点検した。12・7ミリ対物ライフル、マガジンも多数用意する。装弾数は五発だ。さらにチャンバーに一発送りこんである。7・62ミリ軽機関銃は二百発入りの弾薬ベルトを装着してあり、すでに発射準備は整っている。

アサルトライフルに40ミリアンダーバレル・グレネードランチャーを装着したもの。そして使いづらいが、使い捨てのロケット砲。米軍の、小型で砲身を引き出すタイプだ。同様のものを十セット、車内にところ狭しと並べてある。もちろん複製品だ。

同じように収納にも、ありったけ準備してある。最悪の場合に備えて、車載のMk19、40ミリグレネードも発射準備だけはしてある。

車のライトを全開にする。迷宮仕様なので、大容量バッテリーを積み、ラリー仕様のようにライトが配置されている。ライトを破壊された時のために、自分の頭にもヘッドライト付きのヘルメットを装着ずみだ。

米軍の戦闘服とブーツ、ボディアーマーがあったのでそれも着こむ。普通の人がこんなものをいきなり着たら身動きが取れないが、俺たちはいちおう訓練を受けている。普通科（歩兵部隊）ほどではないが、それなりに前線組ではあったのだ。

7　探索者たち

何かを叫びながら、こちらへ走ってくる人影があった。女性のようだ。そのあとから、男性がもう一人の負傷したと思われる仲間の男性を、肩に担ぐようにしてやってきた。

こちらを見ると、ぎょっとしたような顔をしたが、俺が行けと合図したら、そのまま立ち去った。大きなエンジン音にも警戒していた。

それでも魔物に追われていたので、仕方なくこちらへ来ていたようだ。みんな、こっちを振り返りつつ去っていった。言葉さえわかれば、情報が聞きだせるのだが。やばかったらさっさと逃げだすぜ。

そして、魔物が現われた。そいつらは、身の丈二メートル余り。毛むくじゃらで、まるでイエティって感じのやつらだが、全身の筋肉が凄い。

おそらく捕まったら、俺なんか、あっというまにバラバラにされる。普通は最初にゴブリンあたりとやるんじゃねえのか〜、という俺の叫びは闇にかき消された。

ずんぐりむっくりで、暗闇に順応したのか、おそらく真っ黒と思われる毛皮で覆われている。そして、その数……。わらわらと湧《わ》いてきた。数十体はいそうだ。さっきのやつらが逃げるわけだ。

俺は、迷わず手榴弾を次々次々と投げこんでいった。官給品じゃないし、おまけに複製品だ。命がかかっているので、ケチケチしない。グレネードランチャー付きのアサルトライフルに持ち替える余裕はなかった。映画でよく見るような、こんなグレネードは使った経験がない。うっかりミスって、自分の前に落ちたなんてことになったら!

120ミリ迫撃砲なんかだと、年に何回かそういう事故はあるそうだ。あれは発射の加速度で信管の安全装置がはずれるはずだから、爆発したりはしないが。今のところ、手榴弾を投げたほうが確実だ。ライフルグレネードの練習をしようと心に決めた。

投擲というのは、人類が二足歩行を始めて得た強力な能力であるといわれるが、本日もいかんなくその威力を発揮してくれた。自衛隊で四年間訓練されて、今は毎日厖《ぼう》大《だい》な物資の積み下ろしで鍛えられた俺だ。

投擲した剣呑《けんのん》な爆発物は見事にやつらの群れへと、狙い違わず飛びこんでいった。野球関係は得意だったほうだ。これでやつらが映画みたいに瞬時に投げ返してきたら、笑えないけどな。手を持っている生き物だから、案外侮れないかもしれない。猿真似はありうる。塹壕《ざんごう》で使う、手榴弾の爆発を逃がす溝は掘っている余裕はなかった。

激しい炸裂音の連鎖が、洞窟状のダンジョンに響き渡った。やつらはこちらの通路へ入る前にある、広い空間にたまっていた。そのため、かなりの被害があったろう。破片で相手を倒す武器なので、こんな相手には効率のいい武器だ。

俺はその都度、車の陰でその爆発の余韻をやり過ごした。まあ、ここまで破片は届かないはずなのだが、念のためだ。軽機関銃で二脚銃架を用い、伏せ撃ちで撃ちまくった。大量に複製して、弾薬ベルトを装着した銃を次々とアイテムボックスから引っ張り出して、二千発ほど打ちまくった。

生き残ったやつらが、立ち上がってくるのを、弾幕を張って倒していった。

そして、オプションで積みこまれていた三脚銃架に収まったM2重機関銃を引っ張り出す。あの程度の相手なら、軽機で充分なはずだが、あれで立ち上がってくるようなら、こいつの出番だ。

緊張しつつ待ったが、立ち上がってくるやつは現われない。俺はM2を仕舞い、あたりに散らばった空《から》薬莢を回収し終えると、車に乗りこみ前進しながら、次々とやつらを収納していった。

収納すると数までわかる。五十三体あった。そのまま、前進させながら、見まわったが、もういないようだ。残りは逃げたか、全滅したか。

最初に試してみたが、まだ生きているやつらは収納できなかった。

とりあえずいったん帰って、換金してくれる店が閉まらないうちに、換金できるか試さないといけない。俺は広くなっているところで、車を転回させると出口へと向かった。

この車は迷宮探索仕様なので、〝マッピング機能〟がついている。

探索した区域の地図を作成するソフトが車載コンピューターに搭載されているのだ。途中経過はクラウドで米軍のデータセンターにも送られる。ここではオフラインだが、単独でもマッピング機能は使用可能だ。

そして、それをもちいて、通ってきた道を戻ると、うん、いたな。思ったよりも早めに出くわした。迷宮通路の左側に仲よく背をもたれて休んでいるさっきの連中を発見した。完全にへばって、もう歩けないのだ。

ハンヴィーが轟《とどろ》かす轟音《ごうおん》とライトに、へたりこんでいた連中は一瞬ぎょっとしたらしいが、俺が窓から手を振ってやると、ホッとしたようで手を挙げて挨拶してくれた。

しょうがないな。車の中の荷物を片付けて、スペースを開けた。このMk19自動擲弾銃装備のハンヴィーは六人乗りだ。一人は立ち席で、一人は荷台にあつらえた特別席だが。六名編成の部隊なら一個分隊単位で行動できる。

言葉は通じないだろうなと思いながら、俺は車を降りて、ドアを開けてやった。うるさいのでエンジンは切る。このあたりにもう魔物はいないはずだ。エンジンは温まっているので一発で始動できる。新車だからな。

「どうだい？　外まで乗っていかないかい？」

案外、ニュアンスというか、意味は通じるものだ。いやあ、別に可愛い女の子がいたから声かけたんじゃないよ～。

連中は顔を見合わせた。俺は迷宮に入る前に、複製しておいた、ペットボトルの水の蓋を開けて差し出した。彼らは貪るように飲み終えると、少し元気が出たようで、俺の手振りに従って車に乗りこんだ。怪我人は、真ん中の盛り上がったスペースに毛布を引いて、寝かせておく。

二人はおそらくは金髪だろう、凄い体をした連中で、女の子も髪などは同じような感じだ。そっちは普通に可愛らしい外人の女の子といった風体《ふうてい》だ。助手席に乗せたので、ついチラチラと見てしまう。

日本でこんな彼女いたら最高だよな。可愛い女の子を助手席に乗っけてドライブするには、ハンヴィーだの高機動車だのは、真ん中に邪魔なものがありすぎる。

もう、連中もきょろきょろと車内を見まわして、あれこれ訊いてくるが話が通じない。

向こうも、俺に言葉が通じないのが理解できたらしく、仲間内で話していた。落ち着いたかな？

俺はエンジンを始動させた。その轟音に、乗客がまたちょっとパニくった。どうせ、説明なんかできやしないのだ。そのまんま走り出す。怪我人を乗せているんだ、ゆっくり走る。

乗客が騒ぐ騒ぐ。無駄と知りつつ、なんか訊いてくるが、俺はただ、お構いなしで笑顔を返すのみだ。言葉がわかったとしても、うるさすぎて話はしづらい環境だ。

車載コンピューターのマッピングは完璧だった。ほどなく無事に、明るい大広間にたどり着いた。時間の加減か、今回はほかにも結構、人がいた。目立つな。

みんな、ガン見してくる。無理もねえわ、反響音が凄まじい。ショッピングモールの店内を、暴走族が団体で駆け抜けていくような騒ぎに聞こえただろう。

このまま大広間の外に出たら魔物と間違われて、超大型クロスボウの矢が飛んでくるかもしれない。矢を装塡するための兵士が四人もついているのだ。

さすがにあれはヤバイだろう。絶対に車体を貫通できる威力だ。とりあえず、出口付近で車を止めて、乗客は降ろした。向こうもなんとなく察したようで、素直に降りてくれた。車を収納して、怪我人に肩を貸すことにした。

8　資金調達

外にはこういった、帰還した怪我人のための救護所が用意されている。負傷した彼もそこへ連れていった。俺よりも大柄で、ぐったりしているために、重いのなんの。すげえ筋肉つけてやがるな。うらやましくなる。よく見るとそれなりにイケメンだ。髪は薄汚れているのだが、ところどころ綺麗な金髪がのぞいているから、それが地毛の色だろう。

元自衛官で、今も力仕事をしているのでなかったら、悪いが放り出しているところだ。最後まで付き合った自分の根性をほめてやりたい。

さすがに、こいつを水害地区で、膝まで水に浸かりながら背負って歩けと言われたら泣く。自衛隊は厳しいが鬼ではないので、さすがにそこまでは言われないが。

二人で担架かな。思わずレンジャー訓練の相棒《バディ》の顔を思い出した。今こそやつにいてほしい。あいつは射撃表彰持ちだった。

だが、負傷した男に肩を貸しているやつは、魔物に追われる中で仲間を見捨てたりはしなかった。それが、俺が彼らを助けた理由だ。肩を貸しているこいつは、怪我をした男によく似ている。きっと身内なのだろう。

俺は彼らに別れを告げて、換金所へと急いだ。二人共、礼を言ってくれていたみたいだが、悪い、全然わからないよ。俺はジェスチャーと笑顔を返すにとどめた。

その足で換金所に行ってみたが、並んでいる。あ、そういえば、みんな〝部位だけ〟を差し出している。これは、まずいのではないだろうか？

自分の番が来たので、どんっと、山盛りに例の怪物を出したら、周りからひどく驚かれた。そして店主は文句を言い、周囲のやつらが、俺を指さして笑っている。やっぱり駄目だったか〜。

さっきの女の子が走ってやってきて、右手の人さし指を腕ごと振るようにして、店主や周りの連中に大きな声を張り上げている。俺のために、文句を言ってくれたようだ。

世界は違っても身振りはそう変わらないものだなと、場違いな感心をしながらその様子をうかがっていた。何がどうまずいのか、いろいろわからないが、女の子も人さし指を自分のこめかみに当てながら、うーんという感じにしていた。

次に、魔物を仕舞うようにジェスチャーをしたので、それに従った。彼女は意思が通じたことに満足したのか、すばらしい笑顔で俺の手を引いて、引っ張っていった。なかなか可愛い子なので、ドキドキしながら次の展開を待っていた。

この子も、さっきの彼らとよく似ている。三人とも兄妹か血縁者なのだろう。さっき俺に助けられたので、よくしてくれているだけなのだ。あまり過大な期待を抱くのは、よそう。

そして……やはりというべきか、連れていかれたのは少し離れた場所にある、血の匂いがぷんぷんする殺伐とした場所だった。彼女は奥に案内してくれて、大声を出した。

なぜか、そんな場所には似つかわしくない小さな子供たちがわらわらと湧《わ》いてきた。よく見ると、みんな血で汚れたような服を着ている。

ん？　なんか、ケモミミのようなものを生やした子もいるな！　髪の毛や耳も薄汚れていて、パッと見に気がつかない。最初に見かけた狼人間と違い、この子たちって、耳以外は人間と変わらなさそう、ってよく観察したら尻尾があったわ。

彼女は、ここへ魔物を出すようにというようなジェスチャーをしたので、全部出したら頭を抱えた。子供たちの目もまん丸になった。あ、ダメだったらしい。

俺は魔物をいったん仕舞ってみせた。彼女は、指を三本だけ立てて、こちらへ見せた。

「わかるかしら？」と言いたげに、俺の顔を真剣な目でのぞきこんでいる。

俺は、少し間隔を開けて、三つ魔物を並べていった。はちきれるような笑顔が返ってきて、嬉しかった。やれやれ、やっと少しは通じたわ、と言いたそうに汗を拭いていた。なんだか、申しわけない気持ちになったのだが、いかんともしがたい。

子供たちは、うわーっと魔物に取りすがり、凄い勢いで解体していった。最初に切り付けて血抜きをして、あとは、切り裂き、突き刺し、血は吹き上がるって感じで、解体していった。皮を剝ぎ、肉を断ち、切断された腱が垂れ下がった。どれもこれも血まみれだ。うわああ。

当然その返り血を浴びて子供たちも血まみれになっている。だが、嬉しそうに笑っているのは、仕事が手に入ったからか。骨が砕けるような音がして、部位が取り外されていく。残虐映画のようなシーンをリアルで見学する羽目になった。見ているだけで気分が悪くなってきた。

だが、本当ならこれは自分で、倒したその場でやらなければならない仕事なのだ。それがここで生きるための掟だ。この先大丈夫だろうか。いちおうカメラはまわしてある。車に乗っている時も、ドライブレコーダーはまわしていたし、町の様子も撮影しておいた。

ほどなくして、俺の前には剝ぎ取られた血まみれの、魔石!? 毛皮、牙、爪、目玉！

が持ってこられ、残りの肉や内臓に骨とかは、子供たちの取り分のようだ。おそらくなんらかの店で売るつもりなのだろうが。これの肉って食べられるのだろうか。

リーダーなのか？　少し大柄な感じの男の子が、指揮を執っているようだ。この子は普通の人間っぽい感じだ。身振り手振りで、代表して俺に話しかけてきている。

おかわりを要求しているようだったので、もう三体出した。早速スプラッタな光景がリピートされて、その分の素材も持ってきてくれた。

そして、代表の男の子が両手を体の前でクロスさせた。本日は終了ということか。多分彼らの取り分をさばける量にかぎりがあるのではないか。残り四十七匹もある。自分じゃ、とてもじゃないが、バラせそうもない。

自衛隊の特戦の連中なら、やれるかなあ。俺に解体できるのは、ちっちゃいヘビやカエルくらいまでだ。あ、ニワトリもやったっけ。また明日来るか。

俺はやつらを呼び止めて、手招きした。複製に成功した飴を、子供たちに配ってやった。

綺麗に包装された飴を最初不思議そうに見ていたが、俺が包み紙を解いて口に放りこんでやったら、なんか小躍りしている。美味《おい》しかったようだ。ほかの子もいっせいに真似して飴を口に放りこんだ。

頭に耳が生えているやつは、ぴょこぴょこ動いていておもしろいな。案内してくれた彼女も嬉しそうにしている。彼女にも飴をやった。優しい子だな。おそらく、この子たちのために俺を連れてきたのではないか？　あと、俺のためにも。

さっきの店の前で、三人ほど並んで待っていたので、少し待って素材を見せた。親父はかなり足元を見てきたが、女の子（ミリーというらしい）が、凄い剣幕で怒鳴り散らしたので、倍近い金額に修正された。おい、親父……。助かったよ、ミリー。

彼女は、にっこり笑って、指二本をブイの字にして笑顔とともに突き出した。ピースサインって、こっちにもあるんだな。俺は笑顔とサムズアップで答えた。彼女は手を振って、笑顔で走っていった。また会えるよな。いや会いたい。

感謝の眼差しで見送って、金を数えてみた。さっきの相場は覚えておいた。この店で売買するなら、この値段でいいだろう。嫌ならよそに行けばいい。

魔石が金貨（多分）五枚。毛皮が銀貨五十枚。焦げたり、穴だらけだったりだから、仕方がないな。牙が一匹分で金貨一枚。爪が二十本セットで金貨一枚。目玉が二個で金貨四枚。目玉が高くて、びっくりだ。この魔物だけなのだろうか。案外と毛皮以外は損傷が少なくて助かった。

都合、金貨六十九枚だったが、金貨六十枚と銀貨九百枚にしてもらった。

意外ともらえて助かった。きっと、集団で行動する手ごわいやつなんだろう。俺だって、手持ちの武器がなかったら、どうにもならない相手だ。

はっきりとはわからないが、昼に食った飯を基準に考えると六百九十万円くらいに相当するはずなのだが、物価の基準が物によって一定ではないだろうな。為替レートが存在しないので困る。宿代に換算すると、どれくらいなのだろうか。

俺は宿を求めて、街へと足を向けることにした。街はさまざまな建物が犇《ひし》めき合っているようだ。

9　宿屋にて

　まあ、日本の住宅密集地のようなことはないが、広場のあたりのゆったりした感じとは趣《おもむき》が異なる。ダンジョンから放射状に道が広がっており、どっちへ行こうか迷ってしまったが、どこへ行っても大差はないのだと思い、手近な方面へと向かった。ダンジョンを中心にしている以上は、この近くが便利な立地ということだ。宿もたくさんあるはずだ。

　宿を探したいが、おかしな宿に泊まると身ぐるみ剝がされたり、ぼったくられたりしそうだ。言葉が通じないからなあ。お、迷宮で見かけたご一行が、一軒の建物に入っていくのが見えた。

　なんとなく、宿屋？　とおぼしき感じの建物だ。ほかにも人が頻繁に出入りしているようだし。

　メンバーに魔法使いっぽい感じの人もいたから、割と稼いでいる人たちなんじゃないか？　たぶん安心できる宿なんだろうと判断した。少々高いのは、仕方がない。右も左もわからない世界では、安全安心にコストをかけよう。まだ手持ちの魔物はあるのだ。

俺もさっと中に入って、受付らしき人のところへと行ってみる。おー、可愛い女の子だな。年のころは十四から十六歳くらいか。綺麗なピンク色の髪に緑色の瞳。なかなか派手だなあ。瞳も印象的だ。

鼻筋は通っていて、なかなか可愛い〜。コスプレではこうはいかん。

「すいません、今晩泊まれますか？」

どうせ言葉は通じないので、開きなおって日本語で話しかけた。

『＊＊＊＊＊』

そして、指を一本突き出して、物問いたげな表情で小首をかしげる。可愛いなんてもんじゃないな。俺は自分を指さし、ブンブンと首を縦に振る。うん、お一人様。

『＊＊＊＊＊＊＊』

多分料金を言ってくれているのだろうが、さっぱりわからない。

俺は金貨を一枚差し出した。彼女は、両手の指を広げて見せる。多分十泊を意味するのだろう。

そして、一度下げてもう一回同じ仕草をした。そのあとで、今度はその広げた手を二回、こちらへ押すような仕草を見せた。うん、一泊銀貨五枚か。五千円くらいなのかな。為替レートは存在しないので、そのへんの正確なところを知るのは諦める。特に支障はない。まだ十進法を使ってくれているので助かった。俺はフランス人じゃないんだ。二十進法だのなんだので数えられても困る。

通常は手足の指の数が五本ずつの場合は、十進法が便利なんで、それを採用するケースが多いのではないだろうか。幸いにも、ここはそうだった。

俺は片手を広げて、もう一方の指で、指を一本ずつ数えた。それを二往復して二十泊でいいよね？　と顔で問いかける。彼女は花の咲いたような笑顔で肯定してくれた。さしずめ華やかな色合いのデージーあたりかな？

それから、鍵とおぼしき物体を渡してくれたが、それはただの五角の棒だった。これをいったいどうするんだ？　呆然としている俺に、彼女は苦笑して、ほかの人を呼んでくれた。

『メイリー！』

メイリーと呼ばれた十二歳くらいの女の子は、ふんっといった表情で、俺について来いという仕草をして、中へと進んでいった。この子はオレンジ色の髪に、エメラルドグリーンの瞳だ。

まだ小学生の高学年くらいだが、大人びている感じだ。この世界では、立派な労働力なのだろう。可愛げもなくて、日本では通用はしなさそうなサービスだ。

言葉が通じないのは珍しいことではないらしい。助かるけどな。受付の子と顔は似ているので、姉妹かなんかだろう。可愛いが、愛想はあまりなさそうだ。減点二十ポイント。

外観は赤煉瓦作りであったような感じがしたが、建物の中は木で内張りされていた。

二階の部屋の前に行くと、彼女は鍵をひったくって、取っ手の横の鍵穴？　に当てると、いきなり〝魔法陣〟が浮かび上がり開錠された。

さすがに、これには驚いた。えらく遅れた感じの世界だったのに、いきなりハイテクな装置が普段使いされている。それを見て、〝この田舎物め〟みたいな顔をしていたので、口の中に手早く飴を放りこんでやった。

凄く驚いた顔をしていたが、しばらく味わってから、じっとこっちを見て、手を突き出した。苦笑して、五個くらい渡してやった。安いチップだ。ご機嫌に鼻歌を歌いながら、彼女は階段を駆け下りていった。

やれやれと思いつつ、俺は部屋へと入っていった。とにかく、この世界で野宿は避けられたようだ。ここを拠点に、日本側へと帰る道を探しに行こう。

部屋の中は殺風景だが、古い木の感触が、何か温もりを感じさせてくれて気にいった。ベッドと、これまた古い机と椅子があった。壁は木の板が貼られているだけで、なんていうか、荒削りというか、古臭いような作りだった。昔のアメリカやヨーロッパの小屋のような感じだろうか。

まあ、安別荘暮らしみたいなものだ。一生ここで暮らすんじゃないことを祈ろう。いや、弱気になるな。あのダンジョンの中には、きっと帰還の道筋があるはずだ。

幸い、燃料や武器弾薬は、現行の物は補充が可能だ。車両の武装も通常は重機関銃にしておけばいい。アイテムボックスをうまく使えば、自由に武装の換装もできるかもしれない。車両が作れれば、入れ替えすればいい。水・食料なども好きなだけ携帯できるし。

これが、いつものトラックで来ていたのだったら、武器もなく、今晩は野宿決定だった。

俺は携帯型コンロに、固形燃料をくべて、お湯をわかした。大きめのクッカーで、たっぷりのお湯をわかす。

温まったところでそのお湯をアイテムボックスに仕舞い、次はもっと熱いのをわかした。体を拭く専用の温いお湯と、調理用の熱いお湯を作ったのだ。あとはこれを複製すればいい。

いつか、風呂を置ける家が欲しいな。えーと、すでに永住する可能性について、真剣に考えていないか？　簡単な風呂くらい、いつでも作れるからな？

これでも、元は自衛官なのだ。土木自衛官だけどな。お風呂の設置をしてくれる後方部隊の人にいてほしいと、切実に思ってしまった。

設置する被災地によって湯の名前が違うらしいが、ここならば、さしずめ〝異世界の湯〟とか〝ダンジョンの湯〟あたりだろうか。俺も今は民間人だぜ。自衛隊よ、請う救出。


本来いけないのだが、ダンジョン内の駐屯所のやつらに頼まれて、少しだけアルコールを持ちこんでいた。缶ビールとウイスキーの小瓶やワインの小瓶だ。通なやつから、日本酒のワンカップも頼まれていた。あいつも死んでしまっただろう。日本贔屓《びいき》で気のいいやつだったのに。

いつも笑って、白い歯を剝き出していた。陽気だが、民間業者の俺にも態度はとても丁寧なやつだった。

あれはひどいありさまだった。誰が誰だかわからない。線香一本あげてやれるような暇もなかった。あいにく線香は注文されてなかったが。みんな、ちゃんと家族のもとに帰れるだろうか。手足が残っていれば、まだマシなほうだった。

何か飲まずにはいられない気分だ。俺は下の酒場に降りていった。古くさい外国の映画に出てきそうな酒場で酒を注文した。金と引き換えでチップも要求された。チップ制度はあるんだな。言葉が通じなくても、要求は通じた。酒場も言葉の通じないやつに慣れている感じだ。

出て来たのは、ワインもどきの美味《うま》くない酒だったが、それを原料に手持ちのワインを複製してみた。軽く呷《あお》って、ふうとため息をついた。やっぱ、こっちのほうが段違いに美味いな。

だが明らかに味が劣化している。弾薬が劣化していなくてよかった。飲食物は劣化する可能性がありそうだ。手持ちの瓶を複製したものに、追加で頼んだ酒を材料に、複製したワインを詰めていった。

もう夕食時だ。そのまま食事を頼むことにした。食堂は、石の壁と床に、やや使いこまれた古い木のテーブルと椅子が並んでいる。日本なら、廃棄されるレベルだ。俺のテーブルには、ナイフで刻んだらしい、読めない文字が刻まれていた。

食事は、パンにシチュー、そして大きめのステーキが運ばれてきた。それに、サラダと果実水がついていた。

早速、ステーキを試しにかかる。ジュウジュウと音を立てているステーキ。俺は唾を飲みこんだ。早速無骨なナイフとやや変わった形のフォークで切り分けて、かじりつく。

美味い。溢《あふ》れる肉汁が口じゅうにほとばしった。味付けは塩と胡椒のみ。自分が家で焼いても、そんなもんだけど、これは肉が美味いんだ。焼きかたもなかなかだ。

これは当たりの宿だな。シチューもひとすくい食べてみる。クリーミーなシチューが絡まったお肉。とろっとして絶品だ。つい、追加で酒も頼んで（もちろん複製に差し替えるが）、ご機嫌な夕食だった。

満腹でベッドの上で転がりながら、「明日からどうするかなあ」とつぶやいてみる。泉で手に入れた水などから、ディーゼル燃料と弾薬を生成しながら、夢の住人となった。

10　街の探索

翌日、起きてから少し驚いた。あの魔力のようなものが、満タンになっている。夕べありったけ使ったような気がするんだけどな。

そうか、あのダンジョン以外にも、魔力のようなものがこの世界には満ち溢《あふ》れていて、寝ているあいだにも俺の体に溜まっていくんだな。ダンジョンの中は、その速度がとてつもなく速いってことか。

一番気になるトイレはボットンだ。形自体はローマ帝国のような感じか。個室ではない。ニイハオ・トイレか？　さしずめ、アローイ・トイレか。アローイは、ここでは〝今日は〟の意味のようだ。タイ語のアローイ（美味《おい》しい）とは意味が違う。

しかし、この世界にはちゃんと紙がある。使っている人がいるのを見た。備え付けではないので、どうやら受付で買うようだ。早速買いに行ってみたが、品質があまりにも悪いので、そいつを原料にして物資の中に入っていたトイレットペーパーを複製して使った。

原料が紙だけではないので、やや劣化している感じだが、使うには充分だな。炭化水素系の素材として、トイレットペーパーや木綿服地から複製してセルロースを作り上げた。似たような構造の砂糖類も先に複製してあるので、手慣れたものだ。

ここの紙よりも日本の江戸時代のやつのほうがまだ質がいいんじゃないだろうか。ペーパーホルダーを作らなくっちゃ。日本のトイレットペーパーは世界一だぜ。

だが水で洗うやつもいるようだ。〝不浄の左手〟用に、ちゃんと用意がされている。紙が固いのが嫌なんだろう。あと有料だから紙がもったいないとか。手動ウォシュレットは、ちょっとな。ローマで見られるような柄付き海綿はなかった。あれは掃除道具であるというのが本当のところらしいのだが、少なくともここにはない。どういう仕組みになっているのかのぞいてもよくわからないが、ローマのような水洗とは違うようだ。あまり匂わないし、やはり魔法技術ではないだろうか。ありがたいけど。

手洗いは水道になっている。無骨な金属性のコックのようになっていた。これはたいしたもんだ。ゴムとかパッキンなどの素材はなさそうなんだが。地球のローマ時代とか中世とかは、こういう部分はどうしていたんだろうな。なかった気がする。流しっ放しだったような。

用足しする場所で、〝飛び散っている〟ようなこともなく、綺麗にされているのは特筆ものだ。もしかすると、魔法とかで片付けているのかもしれない。

とりあえず、魔力が満タンではもったいないので燃料・弾薬を作りつつ、宿を出て街へ出かけた。鍵はどうするのかと思ったら、持っていていいらしい。

俺が、日本語で話しかけながら手に鍵の棒を持っていたら、受付の子がにっこり笑って、持っていきなさいみたいなふうだった。

なんとなくだが理解できた。開閉の方式からいって、魔導式なんだ。おそらく、これはホテルで使用する登録式のカードキーだな。意外なほどハイテクが行き渡っている世界だ。進んでいるんだか、遅れているんだか、よくわからん。窓は木の板に、つっかえ棒をしているだけなのに。

なくさないように、鍵をアイテムボックスに仕舞ってから、また昨日の解体場をめざした。俺の姿を見かけると、見つけた子供が凄く騒いでいた。

みんなダッシュで寄ってきて、パッと手を出した。なんか、ほっこりするな。飴を配ってやったが、ささっと要領よくケモミミをもふっておいた。見慣れるとリアルケモミミも、なかなか可愛らしいもんだ。

子供たちに飴を振る舞っていると、昨日のリーダー格の子が来て、困った顔をすると、身振り手振りで俺に伝え始めた。その様子から、なんとなくわかった。この時間だと、あの魔物の肉などは売りさばくのに都合が悪いのだ。俺は笑顔で、天頂の太陽を指さした。

そして、その指を右九十度の太陽の沈む方角に動かして、止めた。彼は、にっこりと笑って頷いた。午後三時くらい。きっとその時間に、そこで解体して、売りに行くといい感じなのだろう。

夕飯の材料か？　案外、昨日のステーキか、シチューの肉かもな。まあ、美味《うま》かったからいいや。俺はこういう性格なので、自衛隊でも、困るようなことはいっさいなかったし、米軍相手でも飄々《ひょうひょう》として、付き合っていた。

そして、異世界でも困らないようだ。手を振ってくれる子供たちに、俺もいっぱい手を振りながら、次の攻略目標へと向かった。

それは市場だ。この世界にスーパーマーケットはないと思う。路上市だ。とりあえずは小麦だな。昨日酒の空《あ》き樽から、大量の酒石酸《しゅせきさん》はゲットしてある。

ベーキングパウダーはひとつの目標だな。ここのパン、固いわ。いや、硬いっていうか、堅いっていうのか。もうね。昔の携行糧食じゃないんだから。客に出す前に、焼き締めているの？

おお！　いろいろあるなあ。化学調味料に塩と砂糖は合成ずみだ。小麦粉・小麦・胡椒・その他スパイス。スパイスって、高価そうなイメージがあるが、この街は実入りがよさそうだ。それなりに裕福なんだろう。あの餓鬼どもにはそれが行き渡っていないだけなのか。

食材は豊富なようだ。野菜に果物、各種の木の実にキノコ、肉類に卵、ミルクまであった。油に、なんと米まであった。陸稲っぽい感じがする。味はイマイチだが、原料としては充分だ。手持ちの弁当やオニギリが複製できればいいんだ。日本食かぶれの米兵たちに感謝する。

服にいたるまで、あれこれ買ってまわった。ついでに、子供たちの服とか適当に買っていった。いらないと言われるかもしれないが、なんとなく仕入れた。

この言葉の通じない世界で、縁のあった子供たちに救いを求めているのかもしれない。服もセルロースなどから、複製できた。染料やその原料などを買えば、色合いもいい具合にできる。

なんだかんだ買ったが、まだ金貨は五十枚残っていた。

それにしても、この街はいろんな格好したやつがいるんで、俺の格好なんか地味なほうだ。全然目立たないな。

少し早めだが、可愛い解体屋さんのところに行った。俺を見つけるや否や、わ～っと集まってきて手を出した。みんな夢中で配ってやった飴を食っている。

包み紙ごと食っているやつがいないか見たが、いなかった。なんか大事にたたんで仕舞っているみたいだし。あとで舐めたり、匂いを嗅いだりする気だな。まあ、いいけれども。

リーダーの子が、ちょいちょいという手つきをして、両手の指を全部立てた。十体か。俺はなるべく作業がしやすいように、広げてやった。

俺も、昨日よりはグロ耐性が付いたようだ。子供たちが、かなりワイルドな血抜きをしたので、あたり一面が血の海だ。獲物がでかいから、子供たちが吊るすわけにもいくまい。

今日の分は破損が多い。目玉が2個減ってしまったな。素材を受け取って、やつらには服をプレゼントしてやった。凄く嬉しそうだったが、これから肉とか売りに行くんで、今は着替えないようだ。出かける前に、みんなで俺をぺたぺたしていく。仲間に認定してもらえたような気がするな。だが、さわられたせいでちょっと俺の体も血生臭くなったのは気のせいか。

換金して、金貨百十一枚。あの親父も今日はぼったくりはしてこなかった。俺が先に計算してやったからだ。両手の人さし指を、交互に三回立ててやった。一一一と。

親父は笑って、先に金を出してくれた。もう一見《いちげん》さん扱いではなくなったかな。魔物の残りは三十七匹か。手持ちの金貨百六十一枚っと。一枚は銀貨に替えてもらった。金貨を差し出して、銀貨を一枚つまんでみせれば、わかってくれる。

今日はある物を探しに行った。地図だ。周辺の川や岩山のような場所が知りたい。俺にとっては、この街は資源鉱山のようなものだ。あと、こちらの世界での値打ち物を集めたい。どうせなら、お宝を持って帰らないとな。

ここで俺が個人的に買った物は、当然俺の個人財産だ。今なら日本円に換金してダンジョン関連株に突っこんでおけば、ひと財産だ。

始めたのは割と最近だが、株は上手いほうだ。こういうのは向き不向きがある。資金がないんで、今まではどうしようもなかったんだ。少し運が向いてきたかもしれない。

地図は意外と簡単に見つかった。だが、地球の物に比べると、随分とおおざっぱなものだ。測量技術とか、ちゃんとあるのか？　実際の距離はどれくらいだろうな。明日一回行ってみるか。街の外へ出るのは、どんな具合だろう。

街の端っこまでは、かなり距離があった。車は自重したので歩いたら、街の端まで片道二時間もかかってしまった。行ってみれば、なんと、そのまま外に繋がっていた。まあ、城壁とかあったら、中心からでも見えそうだしね。この街、半径十キロ近いぞ。思ったよりもでかい。帰ってきたら、もう薄暗くなっていた。治安はよくないだろう。気をつけよう。

11　郊外へ

宿で朝飯を食ってから、ゆっくり出かける。どうせ今日も餓鬼どもが待っていそうだしな。早めに帰ろう。

街のはずれまで、なんと馬車に乗れた。くそ、公共交通機関あったじゃないか。昨日は往復二十キロ歩いちゃったよ。買出しに来たのか、次々と乗り合わせた連中が降りていった。

なんていうか、幌馬車だ。車輪も木だし。鉄の輪は嵌《は》めてあるようだが。樽の蓋をもっと丈夫にしたような感じか。軸受けなんかも見たが、これだと車軸なんてすぐ磨り減って、ゴトゴトな感じになるな。

そうなると重くなって、スピードが出ないし、すぐに馬もへばる。

街はずれの停留所に馬車は止まり、人を待つあいだ、馬が休んでいる感じだ。お疲れさん。

しばらくそこから離れていって、ハンヴィーを出してエンジンを始動させた。このアイテムボックスは、品物を中にしまうと、なぜか新品になってしまう。材料とエネルギーがあれば、オートメンテナンスされるのだ。

データさえ消える。バックアップを取っておいてよかった。バックアップする物だけは収納に仕舞っておけない。今のところ問題はないけれど、そのうち問題が生じるかもしれない。かっぱらいやスリには気をつけないとな。目の前には見渡すばかりの荒野が広がっている。

この街は、ダンジョンの外にも魔物がいたりするのだろうか。野営は避けたいな。地下水に依存しているのだろうか。ダンジョンに付随して存在するために、川の傍とかに作られていない。

それにしても、いまだに街の名前さえ判明していない。へたすると魔法で作られているのかもしれない。字はわかるんだけどな。街の入り口に街の名前の看板があったので、記録には取っておいた。俺は地図の岩山の方角に車を走らせた。

街を出て二時間ほど走らせたころに岩山が見えてきた。今は十時くらいか。ごろごろする岩山は、宝の山だ。目視収納は凄い。そのあたりにある巨岩を次々と収納していった。材料を得て、車・武器・弾薬・その他道具・衣料品と次々作っていたが、肝心の魔力のほうはあっさり終了してしまった。さすがに物が多すぎた。

まあ、それは仕方がないので、収納のほうを続けていく。三十分もすると、そのあたりの岩山は、ほぼ平地になってしまった。何かの目印になっていたりしたら、ヤバイな。まあ、街道からは、かなりはずれた場所なんだけれど。

それから川をめざした。地図からすると、そう遠くないはずなのだが、なかなか見えない。一時間ほど走らせて、ようやっとたどり着いた。周辺に街どころか、集落も見えない。

とにかく川の水を採集しまくった。かなりの大河だったので、安心した。当然枯れるほど取ってはいけないので、ほどほどにしておく。それでも、街の泉で取るよりも、桁違いの量だ。近くに海があるといいのに。

そろそろ時間だから帰るとする。馬車の待ち時間に飯を食って、なんとか十五時くらいには、解体場には着いた。子供たちに飴を配ってから、あとで口をゆすがせて、今日の取引を始める。

男の子は、今日は片手で五体を要求した。そうか、昨日は欲張りすぎて、なかなかさばけなかったか。担ぐのも大変だしね。いつものごとくに、要求どおり五体出してやる。子供たちは、ザックザックと奮闘中だ。

しばらく待って、素材を受け取った。解体中のスプラッタな雰囲気にもだいぶ慣れてきた気がする。残りが三十二体か。

今日も換金屋の親父のところで、金貨五十七枚と銀貨五十枚を受け取り、お宝探しの旅に出た。何かいい物はないかな。浮き浮きと、あたりを見まわしていた。

しかし、突然、何か扉を破るようなでかい音がして、少年が転がってきた。中から出てきた、男連中は下卑た表情で、そいつを取り囲んだ。少年は、男たちを見上げながら睨みつけていた。やれやれ。トラブルは回避するにかぎる。ところが、そいつが俺をめざしてやってきて、素早くしがみついた。

『********!!!』

しがみついた俺を指さしながら、男たちに何かえらいことをまくしたてている。男たちが爆笑していた。ふざけろ、こいつ！　なんたる不覚。勝手にトラブルに人を巻きこむな。

俺はそいつの首根っこを抑えて持ち上げると、逆に大声で怒鳴るように叫んだ。

「ふざけるなよ、クソ餓鬼。なんのつもりだ、ええっ？　勝手に人を巻きこんでいるんじゃねえ。俺はおまえなんかに関わり合っている暇はないんだ。あ、何しがみついているんだ、離せ」

頭と肩を押しながら、ぐいぐい足で引き剝がそうとするが、離れない。このお。

それを見て、さらに嗤《わら》う男ども。大将格の隣にいた男が、なにごとかをささやいた。やつらは大将の指示で、俺をグルっと遠巻きにかこんだ。そして、武器を抜いた。あ、先に抜きやがったな。おまえら撃たれても文句は言えないぞ。あいつ、広場で俺のことを見ていたに違いない。言葉が通じなくて、金を持っているカモだってか！

俺は、ついにぶち切れた。「出《い》でよ、ハンヴィー」

現われた物を目の当たりにして、男たちが目を剝いた。出てきた具合で後ろにいた男たちを三人と隣にいた一人を弾き飛ばした。もう一人横にいたやつも、慌てて前の二人と合流する。かなりビビっているご様子だ。

俺は手慣れた感じで、ハンヴィーによじ登り、M2重機関銃の銃座についた。弾薬ベルトはセットずみだ。チャンバーに弾は入っている。迷宮内での戦闘がすぐ開始できる態勢だ。

安全装置をはずし、前にいるやつら三人に狙いをつける。当てないけどね。この機関銃の弾丸は、人間の体の傍を掠らせただけでも大惨事となる。冗談抜きで肉が飛ぶから。

俺はイヤーマフを装着して、トリガーを引いた。

凶器のような轟音《ごうおん》の連射が二度鳴り響き、やつら三人のあいだをフィフティ・キャリバー、M2重機関銃の弾丸が駆け抜けた。弾丸に抉られて、石畳が砕け、盛大に破片が上がった。それが男たちにビシビシと当たる。

真ん中のボスには両側から破片が飛んでくる。跳弾になってないだろうな？　12・7ミリ機銃弾の強烈な衝撃波の嵐を受けて固まる男たち。やつらはなんか、ものすごい顔をしている。

こいつは、音も半端じゃないからな。かなり離れたところからも、チカチカと光って見える発射炎。猛然と吹き上がる硝煙。初めて銃撃を浴びせられたら、その恐怖は半端じゃない。しかも、こいつらにとっては、知識にすらない物だ。

ハンヴィーは、その全身をM2重機関銃の発射煙でなかば覆い隠した。戦争でもないのに、こいつを街なかで使うなんて、狂気の沙汰だ。自衛隊の演習場で撃っても、跳弾が外に飛び出して大問題になることさえあるのだ。

市議会が紛糾し、自衛隊に質問書が届けられる。ネットにもさらされちゃうし。駐屯地の責任者とかが、頭を抱える羽目になる。主に駐屯地司令かな。

二キロ先の人間に当たっても、真っ二つにちぎれてしまうことさえある凶弾だ。だが、撃った。元自衛官にあるまじき行為だが、俺は完全にぶち切れていた。どいつもこいつも、ふざけやがって。やつらはもとより、あのクソ餓鬼も呆然としている。

俺は開いたハッチの射撃手の位置から運転席へ手早く移動すると、エンジンを始動した。そして、一歩も動けないやつらに向かって、アクセルべた踏みで全速前進する。

見たこともない迷彩色をまとった巨大な鋼鉄の怪物が放つ、ディーゼルエンジンの凄まじい咆哮《ほうこう》に、やつらは飛び跳ねて散り散りに逃げ惑った。あのクソ餓鬼は騒ぎに紛れ、いつのまにか、どこにもいなかった。野郎、今度見つけたら、ただじゃおかねえぞ。

ハイになった俺は、息を飲んで見守る街の人々を尻目にそのまま街を進軍し、宿屋に乗りつけて、なにごともなかったかのようにハンヴィーを仕舞いこんだ。そう、きっと何もなかったのさ。

まったく、おかげで何もお宝を発見できなかったじゃないか。ダンジョン探索中にいきなり日本側に出てしまうかもしれない。お宝は今のうちにしか手に入らないのだ！

何か、思考が本末転倒している気がしないでもないのだが、せっかく来たのに手ぶらで帰るなんてあんまりだぜ。せっかく、命からがら異世界くんだりまで来たんだ。俺だって、美味《おい》しい思いのひとつくらいはして帰りたい。

12　捕まってしまった

日本側にもダンジョン内なら、魔力みたいなものはあるのだろうか。それなら、いい思いも少しはできるかもしれないが。日本で、この能力は使えるのだろうか。

うむ。やっぱり、買い物に行こう。俺はベッドから跳ね起きて、部屋を出た。欲にかられて、街の探索にはげんだ。街行く女の子を眺めつつ。

近所の店を冷やかして、あちこち梯子したら、宝石のようなものを見かけた。何かこう虹色にギラギラと輝いて、美しい。こんなのは、日本側のダンジョンでは見たことがなかった。俺が知らないだけなのかもしれないが、たぶん値打ちはありそうだ。少なくとも、地球にはないもののはずだ。無事に持って帰れたら、アメリカがいくらで買ってくれるかな。

値段を聞いてみた。ひとつ金貨一枚だ。五十個ほどあったので、全部もらった。今度から、収入はこいつに注ぎこんでいくかな。ほかの店もまわって、もう五十個買ってみた。これで、残り金貨百十七枚か。いつ帰れるものかわからない。生活費として、これくらいは残しておきたいよな。

翌日は、迷宮に潜ることにした。昨日騒ぎを起こしたのに、特に誰もやってこない。やってきても、話も通じないが。この街には治安維持機関みたいなものはないのだろうか？　言葉が通じないんで、話がさっぱりみえない。

今回は、燃料も、交代用の車両もある。武器弾薬もあるし、さらに秘密兵器もひとつ増えたのだ。というか、トレーラーに最初から積まれていた。

洞窟のひとつに入り、探査を開始する。十個ほどある入り口のうち、今日行くのは二番目だ。最初にここへやってきた時、気がついたら大広間のど真ん中にいたんで、どこから出てきたのかはまったくわからない。

世界を越えてしまった影響か、マッピングもまったくない状況だ。この通路を21Bの1から10と名づけた。第21ダンジョンB面1号通路から10号通路の意味だ。本当は日本のほうがB面なんだけど。すべての経緯は記録しておく。

万が一俺が死んだりした場合に、記録だけでも残せるように。運がよければ、地球から来た誰かに、それが発見されるかもしれない。

ライト全開で進む。おっと、探索者のやつらに出くわした。音が凄いんで警戒されている。魔物と勘違いされているかもしれない。

窓を開けて、大きく手を振る。話しかけてきてくれるが、例によってまったく話が通じない。おたがい、苦笑いしながら、手を振って分かれる。ちくしょう、言葉さえ通じるなら、情報がもらえるかもしれないのに。

先に進んでいくが、例によってマッピングで迷宮地図が充実するだけだ。ずっと先を踏破すると、どうなるのだろう。日本側のルートといつかは、めぐり合うのだろうか。それとも、世界を越えないかぎりは無理なのだろうか。

そして魔物とエンカウントした。今度のやつは大きい。五メートルはありそうだ。日本で会ったやつに匹敵する。ヤバイかな。しかし、まだかなり距離がある。

ハッチを開けて、対戦車ロケット砲を使ってみる。アメリカさんのは自衛隊の物に比べてやや小型の物だった。大型の物もあったが、使いづらいし、狭い空間だと後方噴射がきつすぎる。

小型のほうはＨＥＡＴ弾と破片効果のある物と二種類あった。筒を引き出すタイプだったので、撃ち慣れれば悪くない。いちおう岩山へ行ったさいには試射してみた。

ダンジョン内でも、この距離なら、こっちに被害なくいけるはず。ＨＥＡＴ弾を使用する。銃座に当てて、しっかりと狙う。頼むから動きなさんなよ。

派手な後方噴射を残して、発射煙をたなびかせ飛び出した韋駄天《いだてん》は、もさっとした動きのその魔物の頭に命中する。動きがトロイやつだったんで助かった。こもる熱がヤバイかもしれない。

ここの通路もそれなりの広さはあるが、外に比べて拡散しない分、後方への熱噴射の影響がきつい。後ろの空間は幅三十メートル欲しいところだ。周囲の温度が上がる。真後ろなんぞ七百六十度にも達するのだ。これは凄い温度だよ。後ろに人でもいたら、とんでもないことになる。ここも前方は広いが、俺のいる場所は通路が狭かったのでとてつもなく暑い。

温泉施設なんかで、岩を焼いた特別な蒸し焼きサウナのような部屋とかあるが、あの岩の温度が八百度くらいだ。ちょっと離れても滅茶苦茶に熱い。半端な金属だと溶けてしまう温度なのだ。

強烈な音響と共に、そいつは倒れた。しばらく待ったが、動く気配はない。死んだようだ。この距離でも、収納は可能だった。この先に行くと、こいつがゾロゾロ出てくるかもしれないな。

今日は引き上げよう。狭いところで、少し苦労しながら方向を変える。戻っていく中で、通路の脇に潜んでいた人影に俺はまったく気がついていなかった。入り口付近は人が多い。交通事故になるのを恐れて、ゆっくり行く。

大広間で例によって、車を収納して歩いていくと、外の〝非常シャッター〟を越えたあたりで、突然女の子に左腕をつかまれた。そのまま抱えこまれてしまった。

いきなりの柔らかな二つの肉球の感触に、脳味噌がぶっとびそうになったが、自衛隊での訓練の賜物だろうか。頭の中で、何かが警鐘を鳴らしている。

いかにも男好きのする、といった感じの可愛い子が、上目遣いで見上げている。これを振り払うのは、やっかいというか、不可能というか。だが、俺は冷静な表情で彼女を見下ろしていた。その上で、腕は振り払わない。

いずれ、こういうことはあると思っていたよ。そんな眼差しを向けておいた。そういうのは、案外と通じるものだ。目は思うよりも多くを語ってくれる。

彼女は、いたずらっぽい感じの目で俺を見ると、あえて胸を押し付けてきた。これは多分、俺の態度に感心したというか、好感を持ったと受け止めるべきなんだろう。そして、今すぐ危害を加えるつもりはないのよ、というメッセージも含む行動なのだ。

それらの行動から、彼女がなんらかの、この街の治安を司る機関に籍を置く人間なのだろうと推察できる。要は俺を取り調べの場に、穏便に連れていきたいのだ。どの道、同行は避けられない。向こうも言葉が通じないので、敵意がないという意思表示をしたのだろう。

いきなり男たちに取り囲まれると、どういう反応を示すかを、観察していたのだろうからな。俺は帰還のために、この街を離れるわけにはいかない。ここをベースに活動しないといけないのだ。揉めるのはまずかろう。行かざるを得ない。

連れていかれたのは、広場のすぐ傍にある、ひときわ大きな石造りの建物だった。俺も何度となく目にはしたのだが、なんの建物なのかは、さっぱりわからない。目立つ大きな旗が立っている。剣などを描いた旗なので、物騒だなと思い、近づくのはやめたんだ。だが、彼女はぐいぐいと俺を引っ張って入っていった。

通りすがる人が、皆、彼女に挨拶をしていく。名前はアンリと言うようだ。

そして、ひときわ立派な木のドアの付いた部屋へと、連れていかれた。そこは広く、立派で、なんというか、まるで社長室のような雰囲気があった。そして、見事なマホガニーのような机の後ろにすわっていた人物が声をかけてきた。

パリっとした、しかし鮮やかな身のこなし。退役軍人を思い起こさせる所作だ。俺も出身的に好感が持てる。それなりの年齢に見えるが、さぞかし女にモテそうなロマンスグレーだ。白いものの混じりだした金髪も、むしろ年輪とみれば魅力的かもしれない。

〔やあ、きみはもしかして、よその世界からやってきた人なのかな？　きみが使う不思議な物の数々、あんなものはこの世界にはない。ここの世界にも、かつてそんな話があったと伝え聞くが〕

13　探索者ギルド

俺は固まってしまって、声も出なかった。この男、なぜこんなにも流暢《りゅうちょう》な日本語でしゃべる？

〔ははは。いや混乱させてしまったね。まあ、かけたまえ〕

そう言って、革のソファを勧めてくれた。俺が腰掛けると、彼もすわった。

「あんたは、なぜ日本語をしゃべる？」

〔ほう、きみが話す言葉は日本語というのかね。この世界では聞かないような不思議な感じの言葉だ。わたしは別に日本語など話していないよ。単にきみと意思を通じ合うようにしているだけで〕

なんだって？　わけがわからないぞ。

〔これは念話という技術、そうだね、スキルと言ってもいい。長年の鍛錬の賜物さ。誰でも使えるわけではない〕

「俺は使いたいな。言葉でえらく不自由しているんだ」

いや、切実なのだけれど。

〔そうか。お望みならば、習得のお手伝いをしてもいいが。ただし、きみがいろいろなことを話してくれたらという条件付きで〕

彼はゆっくりと、タバコをパイプで燻《くゆ》らせて、俺を見つめた。そこにまったく敵意はなく、俺という異物を職務上、見極めようとしているだけという感じがする。

「そりゃあ構わないんだが、あんたはいったい誰なんだ？　偉い人だっていうのは察しがつくんだけれど」

〔わたしはスクード・ギュフタープ。この迷宮都市クヌードの探索者ギルドの責任者であり、この街の責任者でもある〕

探索者ねえ。冒険者みたいなものなのかな？

「俺は鈴木肇《はじめ》。つまり、あんたが、この第21ダンジョンのこちら側の責任者ということか。ここは探索者による自治区みたいなところなのか？」

〔〝第21〟？　それは、いったいどういうことだ？〕

彼はやや鋭い目つきで、詰問してきた。

俺は、さっきの女の子とは別の女性が持ってきてくれたお茶を受け取りながら、話し始めた。あの日始まった物語を。

「ある日のことだった。このダンジョンってやつが、俺たちの世界にやってきたのは。まったく唐突にね。そのころ、俺は今の会社ではなく、自衛隊という国を守る仕事についていた。だが、俺はまもなく、そこをやめることになった。そんなころのお話さ」

あれは四年目の任期切れの三ヵ月前のころだったな。今から二年近く前の話だ。最初はまだ他人事のように考えていたんだ。

「それは大地震と共にやってきた。地震ってわかるかな。こう、地面が激しくバーッと揺れるやつ。まあいいや。そんな地震というやつのものすごいデカイやつが来てさ、関東から中部という、俺たちの国の首都を含む要所が災害に見舞われたんだ。俺たちの国だけじゃなく、世界じゅうが大騒ぎになった。俺の国はいろんな面でかなり重要な国だったから。昔に比べたら今はたいしたことはないんだが、それでも世界に影響は出る」

彼は黙って、静かに俺の話を聞いていた。何を考えているのか、計り知ることができないような深いバイオレットの瞳を伏して。

「俺たち自衛隊は、そんな時には緊急出動して、被災地のために尽くす。そんなポジションだった。俺はその中でも、施設科といって、真っ先に出動するような部署にいた。だから、俺もひときわ厳しい任務になると腹をくくって臨む、そんな覚悟があったんだ。

しかし、上官から〝おい、肇。何をそんなに気を張っているんだ。出動はないぞ〟と言われて、はあ？　と思った。そんな馬鹿な。俺たちの宿舎だって、あんなに揺れたじゃないですかと。だが、上官は笑って、ニュースを見ろと言った」

俺は、ひとくちお茶を啜って、また話を続けた。

「その地震は奇妙な、大変奇妙なものだった。揺れはした。しかし、一部を除きなんの被害ももたらさなかった。学者の先生は、こう言った──〝空間ごと揺れた。建物が独立して揺れたのではない。だから揺れただけで、建物などが、どうにかなったわけじゃない。揺れを観測できたのは生物からのみだ〟。そんなの、何がなんだかわかりゃしないよ。俺たち自衛隊員は狐にでも化かされたような気分だった。それは〝空間地震〟と呼ばれることになった。そんな異常事態も、結局は〝被害はなかった、喜ばしかった〟ですまされちまった。でも、ことはそれで終わりじゃなかったんだ」

俺は、ひと区切り入れた。彼はどこまで理解できただろうか。

〔ふむ。そこまでのだいたいのきみの事情は飲みこめたよ。おそらくはきみの国に迷宮が現われ、その影響で大騒ぎになった。兵士だったきみは、一般人よりもその不可思議さを肌で感じていたと。ここからが、迷宮に関わる話なのだな〕

案外と伝わるものだなあ。このスクードという男が切れものなのだろう。

「ああ。それから、ほどなくして、関東中部の各地で〝奇妙な生物〟の目撃例が頻繁に起こった。そして、ある日ついに市民に被害者が出た。そして監視カメラが映像を捉えたんだ。そう、魔物の映像を、だよ。もちろん警察、ああっとそうだな、こちらでは騎士団とでもいうのか？　彼らの手には負えなかった。

俺たち自衛隊にも出動命令が下ったが、それは基本、普通科の連中が担当した。彼らは勇敢に戦い、俺たち施設科や後方支援部隊もいろいろと支援した。魔物との遭遇により、施設科の人間が戦闘した場面もあったよ。俺自身は縁がなかったけどね。だが、そこでアメリカから横槍が入った」

「アメリカというのは？」

「日本の同盟国だ。だが結構強引な連中でね。魔物のサンプルもみんな持ってっちまった。普通科の連中もこぼしていたよ。俺たちは国民の安全のために命がけで戦ったのに、当該対象のサンプルを何もしない連中が偉そうにやってきてかっさらっていったと。

そして、ある日突然ダンジョンが広がっていったんだ。始めはちょっとした岩山のようなものだけだった。そこに洞窟のようなものがあっただけだったのに。それがみるみる膨れ上がり、周りを侵食していって、表層をダンジョン化していった。国民は災害に対する意識は強く、幸いにも人的損失はゼロに抑えられた。だが、多くの国民が家や財産を失う羽目になったんだ。ダンジョンの広がりがもう少し下だったら、俺の家だって飲みこまれていた。

結局避難した国民のために、自衛隊は災害出動した。ダンジョンはアメリカが横から無理やりぶんどっていった。いつしか、あの地震のことは〝ダンジョン・クエイク〟と呼ばれるようになった」

俺はお手上げポーズをしてみせた。ダンジョン・クエイクは、どこのテレビが最初に言い出したんだったっけかな。

〔察するに、そのアメリカというのは、たいそうなロクデナシのような気がするが〕

「まあ、それには違いないかもしれないが、あいつらは手ごわいぜ〜。なにせ、世界最強だからな。あれ一国で、そのほかの全世界を相手に勝てるとか言われているよ。味方につけておけば頼もしい。というか、うちの国は昔やつらと戦って、散々だった。

で、俺たち自衛隊の戦果はみんなアメリカが持っていった。そして自衛隊は、ダンジョンの外で警備についていた。俺も退官直前は、あらかたそっちに行かされたね。それで、予定どおり退官したのだけど、今はダンジョンの中のアメリカさんに、物資を届ける仕事をしていたってわけさ」

〔それが、なぜこちらへ来たというのだ？〕

彼も首をかしげていた。

「それこそ、こっちが聞きたいね。俺は仕事中に突然魔物に襲われて、慌てふためいて、逃げ出した。そんな事件は、滅多にあることじゃないんだよ。そうしたらなぜか、ここのダンジョンの大広間に出てしまったというわけだ。

俺は元の世界の自分の国へ帰るつもりだ。どうやったら帰れるものか、さっぱりわからないけどな。そして、その答はダンジョンの中にしかない」

俺は再度、お手上げポーズをしてみせる。実際に、お手上げなんだが。

「ふむ。今までに、そういう事例は聞いたことがないな」

「本当かい？　俺の世界じゃ、それなりの数の人間がダンジョン内で行方不明になっているとは聞いたが。最近の話さ。当てがはずれたな。まあ、俺もたまたま車に乗っていて、ここに逃げこめたから助かったものの、普通ならお陀仏コースだ。

ま、まあ、みんな魔物に襲われただけなのかもな。俺と一緒にいた人もやられちゃったし。車の反対側にいたら、俺が死んでいたよ」

そうか、俺みたいなケースは一般的にあることじゃないんだな。隠れて、こちらでひっそり生きている人がいる可能性はあるが。

14　帰還への道

俺もスクードに訊き返した。

「こっちの世界のことを教えてほしいんだけど、いいかな」

〔ああ、いいだろう。どこまで知っている？〕

どこまでといわれてもなあ。何も知らないわ。

「女の子は、とっても可愛いな」

スクード氏は楽しそうに目じりに皺を寄せた。

〔そうだな。その意見には大いに賛同する。この世界は多くの王国からなっている。きみの世界に王国はあるのか？〕

「ああ、あるよ。昔は王国だらけだった。今は少なくなったよ。現存する王国も王や女王は、政治や支配体制から離れたものになっているが、王がいる国のほうがいろいろうまくいっているケースがあるように思う。なんていうか、国民に安心感があるっていうのかな。うまく言えないけれど」

まあ、どれをとっても一長一短なんだけどな。異世界の人にいろいろ説明できるほど、国家や政治体制について知識もないし。俺は残りのお茶を啜って、米軍のコーヒーを入れたものの複製品を取り出した。荒野で採集したものや、街で売っていた産物を原料に作ってみたが、なかなかのものになった。いつでもすぐ飲めるようにしてあるのだ。

「これ、地球でよく飲まれている飲み物なんだけど、こっちにもあるかな？　砂糖とミルクを好みで入れてくれ。あ、最初のひとくちは、そのままで」

〔どれ〕

彼は、まず香りを嗅いで、楽しんだ。そして、ひとくち啜った。

〔いい香りだ。それに、ひとくち飲んでホッとするというか、リラックスするな〕

「ああ、まさにそのためのものだよ。あんたみたいに、デスクワークする人には必需品だな」

〔うむ。さっきの話の続きだが、世界各地にダンジョンはある。新しく生まれる物もあって、管理が大変だ。放っておくと、きみの世界の話じゃないが、魔物が溢《あふ》れてくる。溢れて、そのままになってしまったケースも少なくない。そいつらが、今ダンジョンの外で勝手に繁殖して、世界に被害をもたらしている。

ダンジョンをすべて管理するなんて、王国にだってできないのさ。それで各地の貴族が管理していたりするが、中には職務怠慢で魔物を溢れさせたり、暴利を貪って探索者に逃げられまくって、以下同文になったりとかな」

彼は苦笑いしながら、ダンジョンについての歴史を語った。

「この世界も碌《ろく》でもないな。俺の世界と大差ないぞ。魔物って、外にもいるのか」

「それを聞いて安心したよ。時々、この世界に絶望することもあるんだ。それでだな、とうとうある王様が音を上げて、探索者ギルドに管理を任せることにしたのだ。ちょうど、王国の継承に纏《まつわ》るごたごたがあって、ダンジョンの管理に人をまわせなくなってしまってな。

で、そのギルドマスターが大変うまくやって、さらに王国が自ら管理するよりも莫大な利益を上げた。その利益の中から、黙っていても税金が入ってくる。各地の王もそれを見て、次々と白旗を上げて、今やすべてのダンジョンが探索者ギルドによる運営になっている」

どこも、御上《おかみ》っていうのは無能なものだな。この世界のダンジョン経営は、とっくに民営化の嵐にさらされていたのか。

「俺のような立場の人間はどうなるんだい？　王様とかに知られたら、捕らえられたり処罰されたりとか」

「いや？　特にそういうことはないだろう。きみが王国に危害を加えるというならば、話は別だが。はっきり言えば、きみなんかに偉い人たちはなんの関心もないってことかな。ただ、きみが見せたような物が目に止まれば、利益になるとみて、ちょっかいがかかるかもしれん。あるいは貴族連中がおかしなことをしてくる可能性はあるが。

とりあえず、探索者ギルドに入らないかね？　王国も貴族も、うち相手に喧嘩はふっかけてこない。とりあえず、ギルドマスター付きということでどうだ？」

要するに、守ってやるから暴れるなということか。ここは問題さえなければ、まず順当に利益が上がる資源鉱山だし。それもいいかな。

「じゃあ、よろしく頼む。あ、敬語でないとまずいのかな？」

「いや、構わない。問題児が管理できれば、それでいいんだ」

あ、この人はっきり言った。彼は真面目そうな顔つきで、目の奥が笑っていた。

「とりあえず、念話の練習からしようか。少なくとも、人の言うことはわかるようになるぞ。言葉の習得も早くなるだろう」

「そういえば、獲物の買い取りなんかもしてくれるのかい？　換金する時、みんな買い取り部位だけ持ってきているんだよなあ。今、子供たちに解体してもらっているのだけれど、あまりデカイと、あいつらには無理なんじゃないかなと思って」
〔ああ、収納の能力を持っているんだったな。そいつは貴重な能力でな。ダンジョンを探索していると、稀に身につくことがある。ここ二年ほどのあいだに発見された能力だ。普通はそんな能力はないから、必要部分だけ剝ぎ取ってくるものなのさ〕
なんだと？　そいつらは世界を越えたから、その能力を身につけたのだ。どこで手に入れたのか聞きだして、マップを作れば帰還ルートも判明するかもしれない。
「そいつらと、話をさせてもらうわけにはいかないか？　帰還の手がかりになるかもしれない。というか、今のところ、それだけが手がかりだ。あと、彼らも念話を使えるのか？」
〔そうだな。おいおい紹介しよう。というのは、みんな仕事しているし、なかなか時間が合わないだろう。あと、片一方が念話を使えれば大丈夫だ。きみが覚えろ。とりあえず、一人紹介してやろう。うちのサブマスだ。おい、アンリ〕
ええー。あの人がサブマス？　まだ若そうだったけど。
〔あら、よろしくね〕
扉の向こうに控えていたアンリさんが、すぐに現われて念話で話しかけてくれた。
〔アンリ、ついでに念話の訓練と、収納持ちを捕まえられたら、話をつけてやってくれ。

じゃあハジメ、またのちほど」

そう言って、彼は机に戻った。

「ハジメっていうのね、よろしく。あたしの名前は知っているわね？」

俺は頷いた。おっぱいの柔らかさも知っています。思わず胸に視線をやってしまい、慌てて戻す。彼女が笑っていたので安心した。この人、念話が使えたんだなあ。問答無用ってことだったのかね。もちろん、おっぱいランゲージも大歓迎なんだけど。

「ハジメはいくつ？　あたしは二十二よ」

ええっ？　サブギルドマスターなんだよね？

「俺は二十四だけど、サブマスなんでしょ。若いのに凄いなあ」

「ん、なんていうか、現役しながらの管理っていうか」

ああ、なんていうかわかる。部活の練習に参加している、姉御肌の女子マネ？　居並んだ、むくつけき探索者の野郎どもが、整列して「ウイースっ」とかやっているイメージが浮かんでしまった。多分、この人は凄腕、それも半端でなく凄腕だ。今日俺が兵器を持ち出して狩った魔物など、剣一本だけを使って鼻歌で倒すに違いない。誰も文句なく認めるような憧れの探索者って感じなのかな。

「探索者って、階級っていうか、ランクみたいなものはあるの？」

〔そんなものはないわ。みんな平等よ。ただ、ほかから一目《いちもく》置かれる人っているものよ〕

笑顔で答えてくれる彼女を見て、思った（うん知っています。それはあなたのことですね）。

素敵な金髪をなびかせながら、くるりっとまわった彼女の胸が鮮やかに揺れたのだけは見逃さなかったが。

彼女はずいずいと先を歩いていき、職員の人に声をかけた。

〔アニー、ナリスを見なかった？〕

アニーと呼ばれた獣耳の女性は、顔をあげて（おお！　美人だ）、

〔そうですね。そろそろ帰ってくるころじゃないですか？　もう少しお待ちいただけますか〕

俺の眼は、ブラウンの髪と瞳を持った美女の獣耳に釘づけだった。彼女にチラっと目線を送られたので、慌てて目を逸らせた。ああ、お狐様！

〔あはは。アニー、この人はアニーみたいな獣人のいない世界から来たらしいのよ。気にしないであげてちょうだい。それにアニーは可愛いから〕

俺は、こくこくと頷いて肯定した。

〔そう。あなたが例の。大変ね〕

その大変という言葉が、アンリさんに向けられているのだと気づいたのは、その場を離れたあとのことだった。

15　収納持ち

革張りのソファにすわりながら、俺は訊いてみた。

「あの、獣人さんのことなんだけど、アニーさんみたいな人って尻尾とかあるの？　全体的に狼みたいな人は、確か尻尾があったかと。あと解体場のチビにもあったな」

「ええ、そうね。あるんじゃないかしら。見たことはないわね。なんなら、自分で確めてみたら？」

いたずらっぽい光をたたえて、綺麗なグリーンの瞳が揺れた。

「そ、そ、そ、そんなこと！」

ぜひ試したいのは、やまやまだが〜。

「獣人には種類が二通りあるわね。あなたが見たような人たちが本来の獣人さん。アニーみたいな人たちは、もともと獣人と人のハーフだったものが、種族として固定したものかな？」

「いろんな種族の獣人さんがいるのかな」
俺はきらきらした目で質問をした。
〔そうね。また会える機会があったら紹介してあげるわ〕
そこで、アニーさんから声がかかった。
〔ナリスが帰ってきましたわ〕
おおー。どんな貴公子みたいな色男だ？
〔やあ、サブマス。商談はうまくいきましたよ〕
そう言って、ドスドス音を立てて現われたのは、いかにもドワーフ然とした風体《ふうてい》のもじゃ髭の親父だった。おっとお、名前からして、異世界ふうの色男とか出てきそうだったのに。
〔ご苦労様〜。あ、ちょっと話を聞かせてもらいたいの。ハジメ、こちらはギルドの鉱石部門の売買責任者のナリスよ。ドワーフで収納持ち。ぴったりでしょう。ナリス、この人が、例の〕
俺は〝例の〟で紹介がすんでしまう物件らしい。
〔おお、例の不良物件か。わっはっは〕
おーい、あんたら。はっきり物言いすぎだぜ。

「で、わしに聞きたいこととは？」

「えー、その収納の能力は、ダンジョンのどのへんで手に入れたものです？」

「そうさな。実はあまり覚えておらんのだ。ある日ダンジョン内の採掘場を見に行ったさいに、いつのまにやら手に入っての。まあ幸運だった。便利だからのう、これは」

うーん、どんぶりだな。ドワーフだし、こんなもんなのか。

「それは、どこの入り口から入ればいいんです？」

「ダンジョンの右から二番目の入り口じゃ。中の地図も書いてやろう」

この世界には普通に紙は出まわっているらしく、羽根ペンでさらさらっと書いてくれた。

「ありがとうございます」

俺はピシっと敬礼で挨拶した。

「ははは。問題児のわりには礼儀正しいやつだのお。まあ、何しに行くか知らんが、がんばって来い」


それから、俺はアンリさんとデートを楽しんだ。街で買い物デートだ。というか、単なるおみやげ漁りである。もし、例のルートで帰還できた場合、これっきりになるかも。

異世界に行っていた証拠兼会社へのおみやげ兼自分の〝値打ち物〟のおみやげだ。

〔これなんか、どうかしら。魔物の骨から作った細工物よ〕

「いいね。あちらでも、魔物は捕獲されていたんで、DNA検査でわかると思う」

〔DNA検査?〕

「ああなんていうか、血液や骨の一部からでも、調べれば魔物だとわかるんだ」

見た目もよさそうなんで、何種類か買った。あの子たちが売った骨なども、こういう物に変わるのかな。

〔あと、こういうデザインの土産はどうかしら〕

なんていうか、エキゾチックな、あるいは珍妙とでもいうような、日本では絶対に見ない、もらっても超微妙な反応しか返ってこない代物の数々を仕入れてみた。やっぱネタ土産は必要だよね。あと食い物に、服とか。

そして、肝心の値打ち物だが、鉱物系を狙ってみた。各種鉱物の飾りみたいなのとか。地球にも、いっぱいある種類なのかもしれないが、よくわからないので買いこんでおく。

ほかにも宝石店があった。こんなに種類があったの? というくらいある。

エメラルドとは違って、キラキラと輝く透き通るような不思議な緑色のでかい宝石。でも高い。金貨百枚か。

〔それは迷宮産の宝石ね。ある日突然湧《わ》くのよ〕

「湧く？」

〔うん。昨日までなかった場所に、いきなり湧いて出たように、ダンジョンの壁とかで光っているのよ。でも気をつけないと、夢中になっているあいだに魔物にやられて全滅とか聞くわね〕

それって、絶対〝餌〟だよね。罠ともいうな。そうか、こいつが宝箱なのか。阿古屋貝が真珠を作るみたいに、何か染み出すのかな？　鉱物質を魔力で変性させるようなものだとか。なんだか、あそこが真珠養殖場みたいに思えてきた。地球のダンジョンでは聞かないな。魔力とかが少ないのだろうか。まだ入り口ができて日が浅いから？

とりあえず、子供たちのところへ行った。なんと、昨日のあの小僧が一緒にいた。

「おまえはー！」

『＊＊＊＊＊！』

あ、こいつは言葉が通じないわ。今まではギルドの職員ばっかりだったんで、普通に意思疎通ができていたから、いきなりつまづいたような感じだ。

俺はそいつを無視して、チビたちの前に、今日の獲物をドンっと出した。

『＊＊＊＊＊＊！』

　子供たちがバタバタしている。

「アンリさん、こいつらなんて言っているの」

〔ああ、これはぼくたちには無理、だって。これは大きくて硬いからね。いつものをちょうだいって言っているわよ〕

　大将の子供は頷いて、手で六を指し示した。これで残り二十六か。

「あいよ」

　俺は並べてやりながら、訊いてみる。

「なあ、こいつらって、なんでこんな解体の仕事しているんだ？　俺にだって無理だぜ」

〔それは、あなたが情けないだけ。この子たちは親がいない子たちよ。探索者の街だからね。男がいて、女がいて、子供も生まれるわ。親が探索者だと、こんなことになることもあるのよ。

　ギルドとしても、なるべく支援はしていきたいのだけれど、孤児院経営までは手がまわっていないわ。われわれは自治をしてはいるけれども、それは本来の仕事ではないの。これは国や領主の管轄なのよ〕

　えらいやつらは仕事丸なげで、甘い汁ばかり吸って、何もしないわけだな。

〔というわけで、探索者には、なるべく獲物はこちらで解体させるように言ってはあるんだけれど。なかなか獲物丸ごと持ってくるやつらも、そうそういなくてね。この子たちも久しぶりにいい思いができているわ。ありがとう〕

それで、あの探索者の女の子は俺をこっちに引っ張ってきたのか。

「普段、こいつら何をしているの」

〔魔物皮の下処理とか、いろんな下請け仕事とか、いろいろよ。安い賃金ばっかりだけど、仕方がないわね。うちの仕事は優先でまわしているわ〕

そうですか。切なくなるような話だね。

「じゃ、この大物の解体を勉強させられないか？　ギルドで解体とかしてくれるんだろう？」

〔え、ええ。そうね。どの道、あなたには解体できないものね〕

子供たちが解体し終わるのを待って、アンリさんが子供たちに説明した。

『＊＊＊＊＊』

『＊＊＊＊＊＊!!』

『＊＊＊＊＊＊』

餓鬼どもは、ちょっと飛び跳ねている。なかなか、大物の解体を見る機会もないのだろう。嬉しそうに俺から飴をせしめると、それぞれ商売に向かった。
〔解体は明日の昼食後からだから、よろしくね。子供たちには言っておいたわ〕
それから換金をして、宝石屋へと行ってみた。昼間十枚使って、六十九枚仕入れたので、金貨百七十六枚が手元にあった。さっきの金貨百枚の緑の凄いやつと、薄ピンク色のすばらしく煌《きらめ》く結晶で金貨五十枚のものを仕入れた。これだけでも、ひと財産な気がする。残り金貨二十六枚だが、構いやしないさ。まだ獲物は狩れる。例の虹色の宝石をアンリさんに見せたが、
〔これはそんなに値打ちものじゃない、ありふれたダンジョン宝石だけれど、そっちの世界ではどうかしらね〕
うーん、微妙だ。
明日の大物が高く売れるといいんだが。

16　意外な再会

〔ハジメ、ご飯食べに行きましょう。ギルマスが案内してやれって〕

アンリさんが、食事に行こうと誘ってくれた。ほいほいと浮かれてついていく。広場周りは、屋台だのなんだのが多いが、宿屋近辺だと、食い物屋も多くなる。歩きながら訊いてみた。

「そういや、この世界って、魔法はあるの？」

関心のあることを聞いてみる。使えると使えないのとでは、生存率が違ってくるはずだ。

〔ええ、あるわよ。興味があるの？〕

「うん。魔力っぽいものがあるような気がするんだけれど、どうなのかなあ」

俺は少し首をかしげながら、返事をする。

アンリさんは、店を物色しつつ、

「そうねえ。魔法には適性があるから、見てみないことにはね」

しばらく歩きながら店を探していたが、俺が立ち止まった店の前で、アンリさんも足を止めた。

「ここがいいの?」

「あ、うん。なんだか気になって」

何が気になったのか、よくわからない。だが、気になったのだ。

俺たちは、その店に入ることにした。この街ではよくあるタイプの店で、レンガ作りで木の内装が施されている。

アンリさんによると、以前は違う店だったらしい。こういう店はオーナーがよく変わる。ここも、そんな居抜き物件のひとつなのだろう。そういうところは日本と変わらないな。

日本だとかえって値段が高いんじゃないかなと思われる、木目の入った一枚板のテーブルに腰掛けると、早速羊皮紙に書かれたメニューを開いてみた。そして、またさっきと同じような違和感があった。

「どうしたの? ここはギルドの奢りよ」

うん、そういうことなら、遠慮なくいただきまーす。

「お酒はどれがお勧めかな」

「そうね、多分、このサワーが美味《おい》しいんじゃないかな」

サワー？　この世界にそんな気の利いた物があったのか？

俺は首を捻りながらも、それを頼んでみた。何かの酒をミラという果物の果汁で割ったらしい飲み物だ。

やがて、可愛いネコミミのウエイトレスさんが、持ってきてくれた。見れば、〝エダマメ〟とおぼしき、お通しまでついている。容器も、なんというか和食器のようなスタイルだ。俺は思わず、立ち上がってしまった。

「ど、どうしたの」

アンリさんは驚いた様子だったが、俺は聞いてみた。

「ねえ、このマメは？」

「ええ、エダマメだけど、それがどうかして？」

まるで、〝あんたの間抜けな顔の真ん中に付いている物は鼻っていうものなのよ〟みたいな感じに、さらっと言われてしまった。やっぱり日本人が迷いこんでいるのか。ということは民間人だな。俺みたいに狩りをしないで、食い物関係を始めたのか。うん、普通はそうだよな。

俺はちょっと考えこんでしまったが、突然後ろから日本語で声をかけられた。

「肇《はじめ》ちゃん、あんた肇ちゃんじゃないかい？」

慌てて振り向いた俺の眼に映ったものは、自衛隊時代によく通った飲み屋のオーナー、正《まさ》さんの懐かしい顔だった。皺の寄ったやや角ばった顔に、人懐っこい目が収まっている。痩せ気味で俺よりは頭ひとつ近く小さいかもしれない。背中は大きな人だけれど。

「マ、マサさん？」

ああ、そうだった。お店の看板は、漢字の正の字をデフォルメしたものだったのだ。以前の店とは違う物なので、ちょっと気づかなかったのだ。この世界ふうに変えてみたのだろう。

メニューにも、そのマークが入っていた。裏から開いたので、表に書かれていた日本語には気がつかなかった。

「まあ、まあ、肇ちゃんとこんなところで会うなんて。これも、こっちの神様のおぼしめしなのかねえ」

そういや、宗教関係の話とか、まったく聞いていないな。そういうので、戦争とかによくなるからなあ。今度聞いておこう。

「え？　知り合いなの？」

「ああ、俺の世界から来た人さ」

「そ、そう……」

なんだろうな。アンリさんは、何か思うところがあるようだ。

「いや、こっちこそですよ。昔、みんなとよく飲みに来たなあ。あ、今、俺は小山田さんの下にいるんですよ。第21ダンジョンの中で仕事をしてます。というか、ここも正確には21ダンジョンのはずですよね」

「そうねえ。わたしも愛知県だったし。いや、ちょっとね、都合で21ダンジョンのほうへ入って、駐屯所でのパーティを頼まれたのよ。そうしたらあんた、魔物が出ちゃってさ。トラックで魔物とカーチェイスよ。そうしたら、なんか、この街に出ちゃってさ」

「俺も武装したハンヴィーを納品途中に出くわして、同じくです。米軍の武器がありましたので、探索者をしようと思っていますよ」

「あらまあ、若い人はいいねえ。さすがは元自衛隊の人だ」

正さんの店は隊員に凄く人気があった。栄あたりに店があったので、守山の連中と顔を合わせることもあった。そこで知り合いになった守山の連中とも、よく飲んだ。帰りが遅くなるんで、一緒に行った豊川のやつらは正さんの店で飲んでから、何回も俺の家まで連れていったもんだ。

坊主頭の団体を連れ帰って、そのたびにお袋に、「むさくるしい!」とか言われたもんだ。懐かしい思い出だ。

正さんは、顔じゅう皺だらけにして笑った。正さんの店は、俺が退官する時にも送別会で使わせてもらった。守山のやつらも一緒にということで栄にしたのだ。なじみの正さんの店でやってもらいたかったし。

なんていうか、退官した引け目というか、なんかそういうものがあって、なんとなくそれ以降は行き辛くなってしまって。自衛隊の連中がいっぱいいたからね。俺は、本当は自衛隊に残りたかったのかな。

「まあ、まあ、そんな顔しないの。このエダマメ、久しぶりでしょ、ちゃんとうちの味だからねえ。揚げ出し豆腐なんかもあるんだよ。あ、よかったら天麩羅だそうか。メニューにはないんだけれど、ゴルギスの肉のいいのが入っていてね」

「お願いします」

ゴルギスがなんなのか、よくわからないが、正さんはおかしな物は出さないから安心して食える。

そう言って立ち去った正さんの後ろ姿を見送りながら、エダマメを口に含む。うん、美味しい。正さんのお店の味だ。まさか、異世界でこれが味わえるとはな。ああ、ここだって正さんの店なんだよなあ。

その後、美味しい天麩羅をご馳走になり、ほかの客にも薦めて試食させたところ人気となり、お店のメニューにも加えることにしたらしい。メニューなるものも、正さんが広めたのだ。この世界でも、その名で呼ばれている。表紙には、日本語で〈お品書き〉と達筆で書かれているんだけどね。これが案外受けていて、ほかの店に頼まれて書いたりもするらしい。

いつでも美味しい天麩羅が食べられるというだけで、なんか、元気が出てきたなあ。同じ日本人に会えたのも大きかった。

17　ミスリル

今日は朝から正《まさ》さんのところに行って、店で出す食材や正さんが個人で使う趣向品などの準備をいろいろやっていた。

米軍の納入品で、まずマヨネーズ、ケチャップ、マスタードなどを複製して渡す。あと、なぜかソースと醤油も米軍では必需品だったらしい。

今回は〝インスタント味噌汁〟がオーダーに入っていた。味噌汁は外国人にも人気が高いな。正さんが喜んでいた。複製できると聞いて、なお歓喜している。

そのほか、米軍の支給品の日用品などの複製も渡しておいた。

タブレット、スマホなんかもある。会社から渡されているものや私物だ。そいつには、サバイバルファイルの入った64ＧＢのＵＳＢメモリーが添付されていた。万が一、異世界へ行ってしまったさいに必要と思われる知識をまとめて、入れてくれてあった。

小山田さんの仕業だ。そのへんのラノベマニアの妄想と違い、業務中に社員が実際に異世界遭難するかもしれないことを、会社として想定していたということだ。えらい会社に就職しちまったものだ。実際に、絶賛遭難中だし。

あと、正さんがパーティ用で持ってきた道具とかを、複製しておいた。当然正さんもアイテムボックス持ちだ。複製はやりかたがよくわからないらしい。一生懸命教えたけど、駄目だった。俺もキッチン用品が充実した。

何かあった時用にハンヴィーも置いていった。エンジンが始動できるかな。やりかたは紙には書いておいたのだが。銃はいらないと断られた。正解かな。慣れない人が持つとかえって危ない。

ほかにカップ麺、それから米軍兵士が注文していた食事類も置いていく。俺が複製したワインやウイスキー、ビールにはご機嫌だった。日本酒が一番のお気にいりだ。

子供たちの飯も作ってくれたので、市場で材料を仕込んで複製しておいた。最近魔力の量がかなり増えている気がする。熟練して扱い量が増えているのか、魔物を倒すと増えるのか、気のせいなのか。よくわからないけど、すぐ回復するようになった気もするし。

早めに行くと、子供たちがたまっていた。俺を見かけると、いっせいに手を出して、飴を要求する。お昼ご飯は食べていなさそうだ。

飴はあとまわしにして、ドカっと仕入れてきた飯を広げてやると、いっせいに取り付いて、ばくばく食っている。あ、これは、お昼寝タイムに入ってしまわないかな。そう思っていたら、案の定、起きていられなくなったようだ。

こいつらって、まだ幼稚園児くらいの感じがする。大将のやつが小学一年生くらいじゃないか？　そんなやつらが刃物持って、魔物の死体にぶっすりいくものだから、最初はかなりビビった。

解体のほうは遅刻だが、まあ、いいか。どうせ、俺が魔物の現物を持っているんだし。

そういや、ここに昨日のあいつはいないな。

子供たちが起きたので、みんなで体操する。ある時は元（土木）自衛官。ある時は、車に乗った探索者。またある時は、イカサマなんちゃって（複製）食材コンサルタント。そして今日は、ただの体操のお兄さんだな。起伏に富んだ生活はいいもんだ。さあ、魔物解体講習の時間だ。

遅くなってしまったので、車で行くことにした。子供が三十人。シート三つに五人ずつ立っててすし詰めだ。真ん中のとこにも、いっぱい乗っているし、荷物室のシートの横に入りこんでいるやつもいる。一人、小さい子をお膝に乗せておいた。

轟音《ごうおん》と共に、ハンヴィーは行く。時速三十キロの安全運転で。餓鬼どもがはしゃぐ、はしゃぐ。まるで駐屯地解放日にやる、戦車の試乗会だ。あれは、はしゃぐと落ちるけどな。さすがに戦車にはそこまで大人しくしていないようなやつは乗せてもらえない。

ギルドまで五百メートルくらいしか離れていないんだけどな。時速三十キロの速度で、一分くらいで着いた。むしろ乗り降りに時間がかかっている気がする。ギルドの職員がハンヴィーのエンジン音に驚いていたが、じきに慣れるだろ。

〔遅かったわね〕

アンリさんがギルドの玄関口から出てきて、出迎えてくれた。俺としたことが、美女を待たせるなんて！

〔遅い。遅刻だぞ〕

おっと、ギルドの解体人らしき人にも怒られちまった。ちょっと気まじめで恐そうな人だ。

「悪い。子供たちに飯を食わせたら、お昼寝しちまった」

アンリさんは笑って、手招きする。今日はちょっとお洒落な感じだ。自衛隊時代の、駐屯地のマドンナを思い出すなあ。

この前の時は探索者スタイルだったが、今日は明るい色のパンツルックに、白いブラウスの上から、可愛いカーディガンのようなものを羽織っている。もっとも、今から行くのは、ギルドの解体場なのだが。

〔ここへ出してちょうだい〕

高さ五十センチくらいの大きな解体台の上に、どんっと魔物を出した。脳天をほとんど吹き飛ばされた、凄まじい死体だ。まるで亀か甲虫のような硬い甲羅を持っているが、脳天にロケット弾を食らったんじゃな。頭は半分近くが爆ぜてしまっている。

全長六メートル、幅四メートル、高さ二メートル。うん、おまけに硬いんじゃや、幼稚園児の手には負えないな。首の直径が一メートル以上はある。

米軍のロケット砲は軽くて小さいやつだが、そのタイプのものでもこの程度の魔物が頭に食らったら、ひとたまりもない。あれは扱いやすいんで、俺は好きだ。大きいロケット砲も一本入っていたが、こっちは扱いにくい。まあ、訓練が必要だな。ああ、自衛隊で使っていた携帯ロケット砲が欲しい。使ったことはないんだけどね。

〔これは、ウルボス。この魔物は硬いからねー。肉は美味《おい》しいけれど、硬い上にこの図体で解体もしにくいから、たいていわずかばかりを剝ぎ取りし、放棄されるのが通常よ。これは、とても高いお肉なの。こんなに丸ごとギルドに入荷するなんて、まずないわ〕

子供たちがよだれをこぼし始める。おまえら、さっきあんなに食ったよね？

子供の一人が興奮して、ウルボスを指さしながら捲《ま》くし立てた。アンリさんは首を振って何かを言い、子供はしょんぼりして、うつむいてしまった。

「どうしたんだ?」

〔あー、いつもみたいに、肉とか骨をもらえるのかと訊いてきたのよ。残念だけど、こいつは捨てるところがないからね。特に肉は高級品だし〕

日本でもたまに聞くようなタイプの食材だな。そうか。ほかの子もがっかりしているな。

「いくらか、俺が肉をもらっては駄目かな」

ちらっと餓鬼どもを見ながら、訊いてみた。

〔ええ、構わないわよ。あなたがそれでいいのなら〕

彼女は優しい眼で、俺とあの子たちを見た。

やがて解体作業が始まった。見たことのない刃物が出てきた。

「それはなんだい?」

〔ああ、見たことないかな。ミスリルの解体刀よ。これでないと、ウルボスの甲羅は剝がせないわ〕

くっそ、そんないい物があったとは。こいつは欲しい。なんとか手に入れる方法はないだろうか。思考が瞬時に超高速回転して、最新のCPUのそれを追い越した。ちょっと思いついたことがある。

「ちょっと貸してくれ。新品同様にしてやろう」

アイテムボックスに収納して、複製にチャレンジ。できた。原料の減り具合からすると、うーん、銀か？

俺がアイテムボックスから取り出した、新品と化したミスリルの解体刀を見て、ギルドの解体人も唸った。ほかの収納持ちの人にはできないのかな。あ、まさかと思うが……施設科の隊員だったから、身についたのか⁇　整備三昧の施設機材整備の人間じゃなかったんだけど。

「これは凄いな。ギルドで働かないかい？」

「あはは。どうにもならなくなったら、お願いしますよ」

もし帰れなくて、探索者もできなくなったら、探索者の武器メンテの仕事なんかいいかもしれないな。

18　最高の日

　解体人は、ミスリル刀を首元に振り下ろし、首周りを綺麗な断面にする。血が大量に噴出してくる。心臓は止まっているが、まだ倒してまもない（状態の）獲物なのだ。これが収納のいいところだ。容器で血を受けていく。この魔物は血でさえ、高額で取引されるそうだ。

　ホイストクレーンのような魔道具が、レールもチェーンもなしに迫ってくる様子は、元自衛隊施設科隊員としては、この世界でもっともファンタジックな風景に映った。吊るされて血抜きが行なわれ、ドップドップと容器になみなみと注がれていく魔物の血液。

　俺はつい、スッポンみたいに、これをリンゴ果汁とかで割って飲んだら滋養強壮になるかな、とか思ってしまう。

　子供たちの熱い視線は、切り落とされた首の残り肉に注がれている。それを指さして、アンリさんに凄くせがんでいる。彼女は困ったように、こっちを見たが、俺は首を振った。

　彼女に、通訳を頼み、子供たちと話した。

「いいか、こいつはロケット砲という武器で倒した。高熱を発するHEAT弾というものを使ったので、焼けただれていて破片とかもかなり食いこんでしまっている。無事な中のところの肉をもらってやるから、この部分の肉は諦めろ」

　それを聞いて、ほかの子もわーっと寄ってきて、本当？　本当？　みたいな感じで、滅茶苦茶食いつきがいい。

「ハイ、ハイ、ハイ。おまえら、お勉強に来たんでしょ？　お肉は晩御飯な」

　上がる歓声。もう彼らの脳内には、この魔物の肉の味に関することしか受け付けないのではといった感じだ。

　血抜きを終えたウルボスは、再び降ろされて、今度は甲羅のような部分の上下の境目のあたりを、切れ味の冴え渡るミスリル刀が切り裂いていく。この魔法金属は、浄化の機能が備わっている。刃は、常に血や油を、振り落としながら、切り裂いていくらしい。さっき複製した時に、その情報が残っていた。おもしろいスキル機能の発見だ。

　俺が新品同様に変えたので、思うさま、その威力を見せつけている。子供たちも食欲はいったん抑えて、そのようすを脳裏に焼きつけていくようだ。

引き剥がされた甲羅、抜かれる内臓、解体される四肢。内臓は各種の薬になるらしい。スッポンみたいに炊いてほしいとこだけど、わがままはいえない。

なんでも、病気の人は、それを一日千秋の思いで待ち望んでいるのに、肉とか甲羅とかが優先で、内臓はなかなか手に入りにくいんだそうだ。しばらく、こいつを狩りにいってもいいかもしれない。

そして俺の手元には、四メートル×一・五メートル×七十センチサイズの巨大な超極上肉があった。

『＊＊＊＊〜!!』

通訳抜きでわかるぞ！　おまえら「肉〜!!」とか言っているだろ。だが、働かざる者食うべからず。いや、園児が働きまくっているこの世界ってどうなんだ、などと思ったりもするわけだけれど。日本でも、ＰＫＯに行って帰ってきた先輩が、すごく考えこんでいるのを見たことある。

「すいません。ついでにもうひとつ手本を見せてやっていただけませんか？」

俺は〝いつものやつ〟を出してみた。

解体人の一人が、にっこり笑って、子供たちを手招きで集めた。そして、後ろ手にまわした手で、いかにも使い慣れたといった風情の粗末な、しかし良く手入れされた鉄のナイフを取りだした。そして、彼は匠《たくみ》の技を見せてくれた。子供たち、そして俺、アンリさんさえ微動だにすることもできない世界。少なくとも、今日は子供たちにとり、最高の日になったのではないだろうか。
俺は、ギルドの解体人に頼んで、続けて子供たちの指導をお願いしてみた。この人からは、小山田さんと同じ匂いがする。彼は、にっこりと笑い承諾してくれた。
〔いいかい、おまえたち、いい仕事がしたかったら、道具は大事にしなさい。今日は道具の手入れを教えよう。解体は明日教えます。いいですね？〕
と言って、俺のことも鋭い目で見た。ハイハイ、わかっていますよ～。アカン。まるで、教育隊の教官タイプの人だな。俺は、ごく自然に直立不動で敬礼していた。体が忘れてくれないようだ。俺のためだけに念話も使ってくれていたので、意味はよくわかった。
〔よろしい〕
彼は手短に、そう言った。厳しくも、その奥で慈愛を湛えた目で俺を見るのは、やめていただけません？　ちっとも異世界に来た気がしないんですけど。
夕飯前に、〈マサ〉へと、子供たち全員を連れて、乗りこんでいた。

「正《まさ》さん、今日はこの、ウルボスで美味《うま》いもの作ってくれない？」

「ほお〜。これは大物を仕留めてきたものだな」

さすがは正さんだ。この魔物についても、詳しいらしい。

「醤油はあるか？」

えーと、昨日置いていったばっかりだったんじゃ。

「この量だからね。こいつに合う最高の調味料は醤油だ！」

うっわあ。そういうことでしたか。次の瞬間、醤油工場かと思うほどごっそりと並べて見せた。

正さんは笑って、

「あと、砂糖も欲しいな。味醂はないか？」

米軍の兵士がいったいなぜこんなものを欲しがったのか、もはや鬼籍に入った彼に聞くことは未来永劫できないが、確かにブリンストン軍曹は〝味醂〟を発注してくれた。彼の性格からすると、〝本味醂のいっき飲み〟というありえない芸を披露するか、飲酒が見つかったさいに、「これは同盟国日本の伝統ある調味料であります」という言いわけをしたかったかのどっちかだろう。本当にいいやつだったのに。今日は彼の冥福を祈って、味醂で一杯やろう。

穀物やアルコールその他の原料から少し苦労して、日本の物と遜色がない品質にまで、気合を入れて作りこんだ逸品の本味醂だ。

俺は味醂も同じくぶち広げて、正さんを苦笑させた。なあに、おたがい異世界で故郷愛知県の名産に囲まれて、ハッピーってことで。

だが子供たちは、あまりハッピーじゃなかったらしくて、バンバン机を叩いて催促している。

「ハイハイ、おまえらは俺が相手してやっから！」

俺は同じく米軍から発注された、〝焼肉のたれ（複製）〟で、希少な魔物肉を、ミスリルに素材置換したコンバットナイフで切り刻み、片っ端から焼いていった。正さんにもミスリル包丁を渡してある。焼く道具は、街で売っている材料でいろいろ作ってみたのだ。コンロや燃料もあったし。

餓鬼どもは、夢中でかじりつき、その匂いに引き寄せられてきた探索者たちも並んでいる。子供たちの前に割りこみをしようとした連中が、子供たちに取り囲まれてぼろっかすにやられていて、おまけに俺の手元から複製品のナイフが飛んでいく。

「並ぶ気がねえんなら出てけ！」

正さんが厨房から暖簾を潜《くぐ》って出てきて、

「おまえら、ちゃんと並べ！　今日はウルボスの極上肉だぞ」

評判が評判を呼んで、今夜の〈マサ〉は、弾けまくった。

閉店しても、子供たちは寝てしまったので、そのまま寝かせておくことになった。

「はっは。まさか異世界なんてとこで、こんなに楽しくやれるなんてな」

正さんも、コップに日本酒で、ほろ酔いだ。

「俺はこいつで」

味醂を、ざっかけない米軍のコップで飲《や》る。いいやつは、早死にする。そんな言葉を体現するかのように逝《い》ってしまった彼らに、黙禱《もくとう》して味醂を飲んでみたが、やっぱり普通の酒のほうがいいな。

うん、ブリーはやっぱりいかれていたわ。

19　探索の日々

翌朝、子供たちをハンヴィーで連れて帰り、例の解体場で朝御飯を食っていた。

米軍へ納入する缶飯なのだけど、なぜか自衛隊出身の俺には御馴染みのメニューばかりだった。ネットで米軍缶飯と検索すると、なぜか自衛隊糧食しか出てこない。ダンジョンにいる米軍部隊はいろいろわがままがきくんで、こういうこともあるようだ。

俺にはありがたいけれど。まずいって言う人も多いが、俺には食いなれた味だ。子供たちも文句を言わずにパクパク食っている。こればっかり食うと保存料とか多く入っているんで、肌荒れするけどな。

保存料まで複製できてしまっている。自衛隊員だって、普段は業者の人が作ってくれるご飯を食堂で食べているのだ。

昨日のウルボスは、いい金になった。都合、金貨二百枚だからな。そうわらわらと群れを作っていることはないらしい。ビビって損したぜ。

今日は、午前中は餓鬼どもと遊ぶことにした。言葉は通じないけど、そう困ることはなかった。いろいろと日本の遊びを仕込んで、楽しく時を過ごした。今のところ、ギルドの連中を除けば、こいつらが異世界で唯一のお友達だ。あ、正《まさ》さんもいたわ。

お昼に探索者ギルドの解体場に行き、子供たちが一生懸命上手な解体を習っていた。初心者にわかりやすいようにコツなどを解説してくれているので、俺も参考までに習っておいた。あまりにもへたくそで、素材を駄目にしそうなんで、子供たちから駄目出しが出てしまった。ま、まあ、覚えておいて損はないさ。

どうでもいいけれど、ちっとも探索が進んでいないな。ギルドで五体解体したので、子供たちも今日は早めに商売に出かけた。俺もダンジョンに行ってみるか。今日は3号通路の探索に行ってみた。

大広間の片側に、ダンジョン行きの通路が固まっているのに、よくこんな広い空間が一本一本にあるもんだなと思うのだが、何か特殊な空間になっているらしい。

収納空間を手に入れたりできるのは、そのせいらしいが。向こうから来る人間は、確実に世界を越えてしまうので、全員アイテムボックス持ちのはずだ。こっちから越えた連中はどうなのかな。完全に向こうに出たわけじゃないと思うんだけど。

お？　ヘッドライトの光に何かが映った。これは、〝いつものやつ〟だった。結構な数がいるようだ。倒した時の損傷が激しいので、手榴弾はやめようと思っていたが、油断大敵だな。接近されたら、終わりだ。やっぱり遠慮なく手榴弾を放りこみ、軽機関銃を撃ちこんでおく。

今日は五十体手に入った。在庫が七十体になったな。残り二十体まで減っていたんで、補充できて幸いだ。こいつは人気の素材で、そこそこいい金になる。今の手持ちは金貨二百九十五枚か。また宝石でも買いに行くかな。

意外とほかの探索者と遇わないもんだ。まあ、それなりに進軍しているわけだが。徒歩の連中とは速度が違うからな。

ダンジョンの外へ出てから、気になることがあったので、ギルドに顔出しをした。アンリさんを探したがいない。アニーさんがいたので、訊いてみる。

「あの解体場の子供のところに一人大きい子がいるよね。あの子って、どういう子か知っている？　たまにしか、見ないんだけど」

「ああ、あの子。あれは、ギルドの人の子なの。よく、あの子たちの面倒を見にいっているわ。あなたが連中と揉めたときがあったでしょ。あの、ごろつきどもの下っ端が、子供たちの上前を撥ねているから、多分文句を言いに行っていたのよ。許してあげてね」

また無茶をやるやつだな。そうだったのか。まあ勘弁してやろう。

〔あれから、あの連中もあなたにビビって、あそこへは顔を出してないらしいし〕

そう付け加えて笑った。まあ、チンピラだって、いきなり重機関銃で銃撃されればな。

それから宝石屋に行って、琥珀色にギラギラ輝く大きな宝石と、燃えるような真っ赤な宝石を、それぞれ金貨五十枚ずつで買った。地球にはない不思議な輝きを放っている。大きいのでいい金になるかもしれない。

残りの金貨は百九十五枚か。やっぱり、資金には少し余裕を持たせておいてもいいかもな。すぐには帰れそうもない。本当に帰れるのかいな。

今日も正さんのところで、楽しく過ごした。正さんの故郷から来た人間ということで、ほかの探索者の連中も俺に気安くしてくれた。肉の美味《うま》い魔物のうんちくなんかも聞かせてもらって、狩りの参考にした。

翌日は午前中に4号通路へ向かった。なんと、早々にウルボスを発見した。しかも二体だ。俺は早速ロケット砲を二発取り出して、筒を引き伸ばし、手早く発射準備を整えた。落ち着いて発射する。凄まじい後方噴射を残し、荒ぶる飛翔体が飛んでいった。あまり動かないやつなんで、今回もあっさりと頭に命中した。

もう一匹が下がろうとしたところを、続けてさらに一発お見舞いした。ほぼ止まっている的《まと》なので、そうそうはずさない。扱いは慣れてきた感じだ。的はでかい。前面に当てれば、ほぼ倒せそうだ。狭い空間でロケット砲を二発もぶっ放したんで、かなり周囲の気温が上がってしまった。

よく動く、でかい魔物が突っこんでくる時は、どうしたらいいんだろうな。

そういえば、魔法の話を忘れていた。帰ってからギルドに顔を出したが、アンリさんは昼からしかいないという。ギルドの酒場で飯が食えるようなので、試してみることにした。

焼肉定食みたいなのがあったので、それにした。銀貨一枚だったのに、凄いボリュームだ。まるでアメ食だな。だが、味は結構いけた。つい、全部平らげてしまった。日ごろ力仕事が多いからな。若い探索者向けのセットらしかった。パンが固いのが難点だ。

20　魔法適性

食堂でのんびりとお茶をしていると、アンリさんが通りかかったので、声をかけて呼び止めた。彼女は、肩先まで伸ばした自慢の金髪をかきあげながら、背筋を伸ばしてカツカツとやってきた。

「あら、ここにいるなんて珍しいわね。今日はなんの御用？」

「このあいだ、魔法があるって言っていたよね。あと念話の訓練をどうかなと」

「ああ、そうだったわね」

少し思案顔で、両手に持ったファイルのようなものをテーブルの上で立てながら、

「じゃあ、先に魔法の適性があるかどうか見ましょうか。ついてきてちょうだい」

彼女のあとについていくと、職員たちが仕事をしている机の横を通りすぎて、小さな部屋へといざなってくれた。作り付けの棚の中から、三十センチ四方くらいの道具を持ち出してきて、テーブルにおいた。

〔すわってちょうだい。まずは魔力量を測ってみましょうか〕
そういって道具を俺のほうに向けると、両手を乗せるように言った。言うとおりにしたら、
〔あら、結構あるのね。この道具で測れる最大の魔力はあるわ〕
「魔力って増えるものなの？」
〔ええ、魔物を倒したりすると、なんていうか、その分が積み足される感じはするわね。ただそれも、個人差があって一概には言えないのよね。あなたは魔力が増えやすいタイプなんじゃないかしら〕
それはありがたいな。俺は複製の能力があるからよけいに助かる。まあ、ダンジョンの中なら魔力は補充し放題なんだけど。
〔ダンジョンの中なんかだと、魔力はすぐ復活するからいいけど、最大魔力量の大きいほうが強い魔法が使えるからいいわね。十しか魔力がない人は、二十の魔力が必要な魔法は使えないからね。適性のない魔法も使えないわ〕
うーん、あとは適性しだいか。
〔じゃあ、測るわね。この水晶を、セットしてと。これでよし。じゃあ、この水晶に手をかざして、魔力を注いでみて。量は少なくてもいいわ〕

えー、魔力を注ぐ。うーん、できるかな。複製をする時に魔力を消費するような感じでいいのか？

やがて、球形をした水晶の真ん中が光りだしたかと思うと、白い光と、そして薄緑色の光が混ざり合い、それに紫色の光が加わり、三色がぐるぐるとまわった。

〔う、うーん。微妙な適性が出ちゃったわね。これは回復治癒・支援……それと、聖魔法ね。へえ、珍しいものを持っているのね。残念ながら、どれも戦闘用の魔法適性じゃないわ〕

少し考えた。とりあえず、武器は間に合っている。回復治癒はありがたいな。負傷した時のことを考えて、いつも頭が痛かったところだ。ここに衛生隊員とかはいてくれない。支援か。

「支援って、どんなのがあるんだい？」

もし、俺が考えるようなものがあるならば。

〔そうね。自分の攻撃を強化するようなものがいいかもしれないわね。たとえば、アローブースト。弓矢の矢の威力を上げてくれるわ。これは潰しがきく魔法で、剣戟の力や切れ味を上げたりとかも可能よ。そっち専用の魔法もあるから〕

ビンゴ。銃撃の力を上げてくれるものが欲しかった。

「アローブースト、いいね。治癒魔法も。どうやったら、覚えられる？」

〔支援ならあたしが教えてあげられるわ。治癒魔法は無理ね、ごめんなさい。そっちはほかの人にお願いするわ。昼から時間があるから、今日はアローブーストと念話の練習をしましょうか〕

やったぜ！　美人教師つきで、魔法の鍛錬とは。異世界も来てみるものだな。

修練場へと場所を移し、アローブースト習得のための訓練が始まった。

〔とりあえず、ちょっとこの弓で撃ってみてくれる？〕

まず弓の使いかたを教わるところからだった。習得はかなり先かもしれない。

手取り足取りで、おっぱいが当たったり、顔が近かったりとかのラッキースケベ的な展開を期待していたのだが、それはなかった。無念だ。まだ感触が思い出せる。かろうじて、弓が前へ飛ぶようにはなった。さすがは、力自慢な元土木自衛官だぜ。

重機は使うんだけど、訓練内容には大幅に人間重機的な内容も含まれていたりする。

〔今日はここまでにしておきましょうか。あの子たちのところへ行くんでしょう？　明日は朝から付き合ってあげるわ〕

そうだった。もういい時間だな。俺は礼を言って、ギルドをあとにした。

歩いて解体場につくと、知らない女の子がチビの世話を焼いていた。十か十一歳くらいか？　スカートとブラウスに女の子らしい鍔《つば》のついた帽子を被っている。こっちを見て何か言おうとしてやめたようだ。なんだ？

とりあえず、六体要求されたので出してやった。いつものように、飴をやって解散する。女の子も飴を舐めていたが、ちらちらこっちを見て、帰っていった。なんなんだ。

いつものように親父の店で換金を終えたら、せっかくなんで、5号通路を行ってみることにした。明日は行けそうもないしな。

ダンジョンへと進み、5号通路を進軍していると、なんだ？

右手にヘッドライトに反応して光るものがある。もしかして。

やはり、迷宮産の宝石だ。青に赤に緑にオレンジに銀色……。壁にビッシリと一メートル四方くらいの面積で生えている。ということはだ。

射線の確保のために、左側寄りに車を止めた。手早く降りて、宝石をピッケルで剝がし始める。ちらちら周りを見ながら。わざと暗い方向に背を向けて、宝石に夢中なふりをして、後方に全神経を集中させた。来たな。

振り向きざまに、アイテムボックスから取り出した軽機関銃の弾丸を抜き撃ちで浴びせた。五、六体の魔物が崩れ落ちた。人型で、猫背で妙に手足が長い感じだ。忍び寄るタイプなのか？　醜悪な顔に、尖って伸びた耳が不気味だ。

まるで、低級悪魔か、小鬼か。ゴブリンではなさそうだ。鋭く伸びた手足の鍵爪が、集団で狩りをするタイプの恐竜を思い出させる。不気味な唸り声を上げてくるが、お構いなしに続けて弾丸を浴びせまくる。７・６２ミリ弾の連撃は、容赦なくやつらを撃ち倒して、屍《しかばね》の山を築き上げていった。お代わりの軽機関銃をぶっ放しつつ、倒した魔物を、どんどん収納していく。全部で二十体だった。もう、ざっと念じただけで散乱したすべての空《から》薬莢を回収できる技術が身についた。

壁の宝石も収納しまくった。ちゃんと壁から直接アイテムボックスに収納できた。迷宮産宝石は、本当に罠なんだな。

もともと、今日は長く潜る予定でなかったので、これで引き上げることにした。今度迷宮産宝石を見つけたら、車内から収納してトンズラこけばＯＫだな。

宝石はなかなかのものだった。これは、せっかくだから、原石で日本に持って帰ろう。もしかすると金貨千枚くらいの価値はあるかもしれない。迷宮産宝石を見つけた人は、それで探索者をやめてしまう人もいるほどらしいから。

街に戻ってから夕方までは、お店でいろいろとチェックしてまわった。結構つまんないものとか買ってしまったが、日本でなら受けるかもしれない。ネットオークションとかどうかなあ。まあ、こっちの世界では人気のないものだけど。

21　子猫ちゃんの思い出

朝から張り切って、ギルドへ出かけた。今日こそ、アローブーストを習得しよう。昨日の襲撃してきた魔物が手ごわいやつだったら、俺の命はその場で終わっていただろう。ちょっと調子こきすぎていたかもしれない。今までは、運がよかっただけだ。

アンリさんを訪ねていくと、そこには可愛い女の子がいた。銀髪をショートカットにしている。まだ十代かな。

「おはよう、アンリさん。その子は？」

〔おはよう、ハジメ。この子は、あなたの回復魔法の先生よ。名前はリーシュ〕

「そうかあ。初めまして、リーシュさん。ハジメです」

〔初めまして。違う世界から来たって、本当？〕

彼女は好奇心を隠し切れないような感じで訊いてくる。

「うん、そうだよ。こっちは魔物がいたり、魔法があったりで、凄いな」

〔自由に行き来できるの？〕

「えーと、できない……」

〔それって……〕

リーシュは呆れたような声を出した。

「言うな」

俺も苦笑いで答える。そう、ただの島流しだ。

それでも、ギルドは言葉が通じるだけマシだ。言葉は、夜は正《まさ》さんも交えて、少しずつ覚えているんだ。

施設科で海外へ行った人なんか、死に物狂いで覚えるんだから、俺もがんばらないと。PKO活動よりも、もっと切実だよ。もう自衛隊みたいなバックはないんだから。探索者ギルドに寄せてもらって、本当に助かったぜ。

〔じゃあ、アローブーストからいきましょうか〕

修練場に移動して、まずアンリさんが見本を見せてくれた。弓に番《つが》えた矢がうっすらと青白く光る。呪文の詠唱なんてないんだな。輝くような矢が青白い軌跡を引いて、飛んでいった。パーンっと音を立てて、標的の木の的《まと》が真っ二つになった。おお、なかなかかの威力だ。

まず、俺は〝矢に魔法をかけるとこ〟からだそうだ。道は遠いな。獲物のストックはまだあるから、しばらくは魔法の練習かな。こちらの世界に来た時に襲われた、あいつらあたりと出くわしたらまずい。

〔いい？　まずは、さっき見た魔法を思い出して、手に持った矢に魔力を通して、あの青い光を生み出すところからよ〕

よし。きっと、こういうものは集中力だろう。俺は、レンジャー訓練でやった厳しい訓練を思い出して、集中していった。あれは心底辛い体験だったが、逆に少々のことではへこたれない根性はつくよな。

潜伏訓練中に教官に見つかれば、首まで埋められる。あの時、俺は這いつくばって、じっとしていた。日本の周辺もきな臭い。いつか、こんな訓練が役に立つ日も来るかもしれない。そう思って俺は、あの時、集中して訓練に臨んでいた。

俺は最前線のいわば工兵。俺の仕事が終わらないと、機甲部隊さえ前には進めない。あるいは、被災した国民のみなさんがまだかまだかと自衛隊を待っている！

そんな必死なイメージ。手にもった矢は青白い光を放って、光り出していた。いいぞ、その調子だぜ。だが、その時——

〔にゃあ〜。いい感じじゃない〕

リーシュさんが、そう言った。

何かがフラッシュバックした。

そう、あの時のことだ。レンジャー訓練中に、気配を消して潜《ひそ》む訓練をしていた。

悲劇は起こった。俺は近づいてきた教官をやり過ごそうと気配を消しきった。まさに、その時のことだった。

「ミャアア〜」

やつがいたのだ。まだ子猫のようだった。なぜ、こんなところに。おい！　こっちに寄ってくるんじゃねーよ。

「おやあ、猫がいるようだなあ」

そう言って、教官は無慈悲に近づいてきた。

そして、俺は這いつくばった格好のままで、教官を見上げる羽目になった。猫は俺の顔に、何度も体を擦り付けてきていた。間抜けすぎて、泣けた。

滅多にない事故が起きてしまった。そして、俺は穴掘りを命じられた。俺が埋まるための穴を。これがまだ温いお仕置きだと言う人もいるが、それでもなかなか辛いもんだ。

俺は見事に山に埋まる羽目になった。

その状態のままで、教官に何か言われるたびに、「レンジャー！」と短く鋭い返答を返した。そしてそのあとも、やつは地面に埋まった俺の周りをうろうろして、やりたい放題だった。

あかん、間抜けな事件を思い出したら、集中力は続かなかった。手の中で凄まじく発光していた矢は、青い軌跡を引いて、ロケットのように上空に打ち上げられた。そして、鋭い放物線を描いて少し離れた地面の上に落ちて、直径五十センチほどのクレーターを作った。施設科には曲射火力がないと言われていたが、これくらいあれば充分かな。

〔うーん、威力は申し分ないわね。というか、弓もなしで矢だけ飛んでくっていうのは、どういうことなのかしら〕

アンリさんも、呆れて笑っていた。

やれやれ。なんか嫌な予感がして、矢の後ろのほうを、ちょいと摘まむようにしていたんだが、おかげで助かったぜ。でないと、矢羽根で手を酷く怪我していたかもしれない。この魔法は矢自体も強化するので、普通の矢で鋼鉄の鎧をあっさり撃ち抜ける。

そのあとは、弓に番えて的を射る訓練に入り、いくつかの的を粉砕して訓練を終了した。

アローブーストは、魔力の軌跡を伴って飛んでいくため、それを利用して誘導することが可能だ。だから、俺のような素人でも、さっき見せてもらったみたいに高い命中率を誇る。まるで、目視有線誘導の対戦車ミサイルのようだ。

ただし、目立つため反撃で倒される危険も高い。対物ライフルと同じで、射撃位置がバレバレなので、狙撃なんかには向かない魔法だ。

〔さすが、兵士だっただけのことはあるわね。昨日初めて弓を持ったにしては、たいしたものよ。あとは自分で練習して、わからなかったら、訊きにいらっしゃい。じゃあ、リーシュ。あとはお願いね〕

そして、俺は可愛い銀髪少女と二人っきりになった。

22　回復魔法

「ねえ、リーシュさんはどんな魔法が使えるの？」
〔リーシュでいい。そうね、治癒回復と支援、そして氷系の攻撃魔法かな〕
「へえ、攻撃魔法か。いいな」
〔アローブーストがあれだけ使えれば充分。じゃあ回復魔法を見せるから〕
そして、白い光を手の中に作り、それを俺にまとわせた。体がポーっと熱くなり、癒《いや》される感覚がして、疲労が減り、力が満ちてきた。
〔あまり連続してかけると、効果が半減するわ。魔法の効果が薄いというよりは、人間の体に無理がきかなくなるの〕
ああ、うん。栄養ドリンクとか、一日一本だよね。
とりあえず、今日は練習なんで、がんばってみた。とりあえず、お昼までになんとか白い光を放つことには成功した。

リーシュと、ギルドの食堂でお昼ご飯を食べていて、いろいろ訊いてみた。

「魔法って、なんなのかな？」

「うーん、そういって改めて訊かれると困るわね。なんていったらいいのかしら、自然の中にある力というか、理《ことわり》にしたがって、行使されるものというか。うん、ごめん。うまく説明できない」

なるほどな。俺たちが内燃機関や電気製品を使うがごとく、そのへんにある魔法の素みたいなものから力を引き出しているのか。迷宮は、そのいわば魔素みたいなものが濃いので、魔物が湧《わ》いたり、魔法がバンバン使えたりするってことなんだろうな。

迷宮の中でなくても、時間をかければ回復するみたいだ。ひと晩寝れば満タンになるし。日本に魔素があるのかどうか、マジで興味深い。

「あと、うまく使うコツって、なんかあるの？」

「そうねー。やっぱり、今日みたいに、実際の魔法を目にしたり体験したりして、よくイメージをつかむことじゃないかな。そして、それがどんなものなのか、ハッキリとイメージさせるっていうことね。

だから、強力な魔法を行使するためには、イメージを高めるために呪文を唱えることもあるわ。決まった呪文があるわけじゃないの。大勢の人が、簡単にイメージできるような優れた魔法の呪文もあるから、そういうのは本になって売られているけど。適性もあるわけだし、いい先生につくのが一番ね。みんな、それぞれ専門があるわけだし。自分の適性に合っていて、教えかたのうまい先生に習うのが早道」

なるほど。ためになるなあ。

食事を終えて、ゆっくりとお茶をしていると、探索者のグループが来て、話しかけてきた。

「リーシュ、いいところに。回復をかけてやってくれないか？　毒持ちにやられてな。毒消しの薬草を使ったんだが、まだ回復しきれてない」

そんな、いい物があるのかあ。毒を持っている魔物は想定しないといけなかった。思えば言葉が通じないんで、なんにも知らないで迷宮探索していたから。勉強になるなあ。

「ちょうどいいわ。わたしの弟子なら、ただでいいわよ。すぐ回復できなくても、大丈夫よね」

「あ、ああ。助かるが、いいのか？」

「うん。ギルマスやサブマスに頼まれて、教えているだけなの」

「じゃ、じゃあ頼むよ」

おお、被検体に立候補してくれるやつがいるとは、豪気だな。

〔じゃあ、ハジメ。回復の練習よ。ゆっくりでいいからね。毒で弱っている人を回復するイメージでね〕

昔、自衛隊の野外訓練中に、マムシに咬まれたやつがいて、すぐに中隊付きの衛生隊員が飛んで来てくれて、素早く処置をしてくれた。全員で敬礼して見送ったっけ。こういう人がいてくれるから自衛隊は戦えるのだ。

俺は、その時の感謝の念を思い出し、治るようにと祈りをこめた。白い光は強烈な本流となり、治療対象者に吸いこまれていった。

〔いや、凄いな。もう毒の影響がまったくない。体力回復の魔法だけで、これは凄い威力だよ。ありがとう。無料で悪いな。ハジメっていうのか。俺はジェイド、何かあった時は言ってくれ。力になるぞ〕

彼らは、わざわざ念話で礼を言いつつ、手で挨拶しながら去っていった。自衛隊の訓練中に怪我をすることなんていくらでもある。俺も何回か、衛生隊員の世話になったことがある。今度は俺が、ほかの誰かの世話をすることもあるのか。少し嬉しいな。ああやって感謝されるのは悪い気はしない。

〔筋がいいじゃない〕

「いや、訓練の時のことを思い出していただけだよ」

あとは、そのへんの探索者を捕まえては、ちょっとした怪我とかを治させてもらったりして、練習を続けた。

「今日は、そろそろ帰ります」

〔そうね。解体場に行くんでしょ。いってらっしゃい〕

今日も念話の練習ができなかったが、毎日誰かと話しているから、そのうち覚えられるだろう。

子供たちがお待ちかねなんで、魔物を出す。今日は六匹要求か。これで在庫六十四っと。魔物を出してやったら、俺はうつらうつらしていた。いきなり、何か悲鳴があがって目を覚ました。なんだ⁉

慌てて飛び起きたら、子供が手を切ってしまったらしく、泣いている。かなりの出血だ。リーダーの子も慌てている。手を切ったのは、五歳くらいの女の子だ。

俺は駆け寄ると、救急医療キットで急ぎ止血して、覚えたての治癒魔法をかけた。そして、その子供を抱えると、ハンヴィーを出して、乗りこんだ。リーダーの子もついてきた。リーダーの子は、何か叫んでいた。多分、仕事を片付けて、素材を売って来いとでも言っているんだろう。

大排気量ディーゼルエンジンの爆音を立てながらギルドに駆けこんで、思いっきり叫んだ。

「リーシュ、リーシュはいないか」

近くにいた職員が呼んできてくれて、奥から、ローブをひるがえして、リーシュが現われた。彼女も、ここの職員だったらしい。

「なにごとかしら？」

「あ、リーシュ！　頼む。子供が手を深く切った。止血をして、回復魔法はかけておいたが、自信がない。俺は衛生隊員じゃない。一般隊員レベルの応急処置しかできないんだ」

ギルド職員も何人か心配そうに寄ってきた。この子たちは探索者の遺児たちだ。もともと、幼稚園児が刃物振りまわして、魔物の解体をやっていることに無理があるのだが。

彼女は、念入りに治癒魔法をかけてくれた。俺は真剣な表情でそれを見つめていた。

「ハジメもかけてあげなさい。イメージはわかるわよね」

俺は頷いた。人体の治癒のメカニズムを思い起こし、魔法をかけていく。先ほど見ていたリーシュの魔法を参考にして。みるみるうちに傷跡が消えていき、内部もよくなってきているような感触だ。

〔凄いわね。普通は、こんなスピードで治ったりはしないものだけど〕
なんといったらいいだろうか。細胞の再生や、神経や血管を繋いでいく、具体的なイメージ。病院での治療。自然治癒、免疫、白血球。そして、子供の細胞の分裂スピード。そういった具体的なビジョンが頭にある。魔法適性さえあれば、ある程度の知識のある地球人ならば、かなりの治癒魔法の使い手になれそうだ。魔力しだいだけれども。
俺はチビを抱っこして、礼を言って、ギルドからお暇《いとま》した。普通はただでやってくれない。俺がわけありで、ギルマス付きになっており、彼女の弟子だからだった。それと、あそこの子だからだ。この子が刃物恐怖症になってしまわなければいいんだが。
いちおう、アローブーストと回復治癒は身につけた。しばらく、解体場につくとするか。

そして、数日後。その子は、決意したように、刃物を取った。生きていくために必要な決断をしたのだ。手は少し震えていたが、みんなが固唾を呑んで見守る中で、ゆっくりと解体に参加した。
じっくりと刃物を通していく中で、やがてはしっかりとした、見ていて安心できる動きへと変わっていった。終わった時には、すばらしい笑顔を見せてくれた。これなら、大丈夫だろう。

自衛隊でも、心の問題が解決できずに、任期を満了することなく去っていったやつを何人もみた。駐屯地のトイレの壁に張られた、心の問題を相談する窓口のステッカーを見るたびに、そいつらのことを思い出した。今でも、時々思い出す。

今日の俺は、少し心の晴れた笑顔を浮かべているような気がした。

23　帰還をめざして

それから、何日も迷宮に潜り、獲物を狩った。いま一度、迷宮産宝石にもありついた。今までロケット砲を使って倒していた大型魔物を、アローブーストをかけた小銃弾で倒せるようにもなった。たくさんの魔物を倒したせいか、魔力量は莫大なものになっていた。

おもしろい芸も身につけた。アローブーストのような要領で、自分の周りに青い光の〝盾〟をイメージすることによって、敵の攻撃を防ぐ方法を考えた。〝盾〟というよりは、自分の場合は、〝戦車の装甲のようなもの〟をイメージしているのだが。

イージスと名づけた魔法は、なかなかの物だった。一度、うっかり大型魔物の接近を許してしまったら、そいつはゴキブリ並みの素早さでジグザグに突撃してきた。イージスはそれを見事に受け止めてくれた。

そいつに至近距離から45口径を最大にブーストしてやったら、どてっぱらに、どでかい穴を開けてくたばった。魔法がなかったら、死んでいたな。接近された場合は、火炎放射器も有効だ。前に言っていた秘密兵器がこいつだ。魔物も結構、火炎には怯《ひる》む。

ひととおり、1号から10号までの通路もある程度は探索し、マッピングした。いよいよ、9号通路の鉱山へと向かおうと思っている。迷宮産宝石も、金貨二千枚分ほど買い集めた。もう、いつ帰還できても、悔いはない。

念話もなんとか習得できた。最低限の辞典が作れそうなくらいの書物も集めた。かなりの量の写真や動画も収集できたし、日常の簡単な会話くらいはこなせるようになった。治癒回復魔法は、ほぼエキスパートと言えるレベルになった。リーシュがしょっちゅう患者を診させてくれたおかげで、めきめき上達したのだ。

回復、怪我治療、病気治療、解毒、状態異常の回復など、ひととおりは充分こなせるようになった。簡単な治療薬《ポーション》の作りかたも習った。薬草の種類も、それなりに覚えた。

子供たちには、アンリさんに頼んで俺の事情を説明してもらった。俺は違う世界から来た人間であること。そろそろ帰らないといけないだろうこと。帰れるかどうか、よくわかっていないが、その時は別れの挨拶もできないくらい、唐突なお別れになることなど。

行くなと言って、泣いてくれた子もいた。リーダーの子はにっこり笑って、がんばって帰れと言ってくれた。どっちも嬉しかった。いちおう、一度この世界に来たのだから、また来られるかもしれないが、それがかなうかどうかわからないことも伝えた。

「帰ってしまっても、また来られるようなら、おみやげ持ってまた遊びに来るから」

そう言って、チビたちの頭を撫でてやった。

正《まさ》さんとはいろいろ話したが、こっちの世界で生きていきたいと言われた。

「向こうの世界もいいけどな。こっちが結構気にいっとるんだ」

まあ、あっちはあっちで世知辛いしね。向こうへ帰れて、また来られるようだったらという前提で、正さんへのおみやげリストを作ったりした。

「向こうの連中に会ったら、よろしく言っておいてくれ」


こうして、いろいろと準備を整えて、俺は帰還への道筋を立てるために、ドワーフのナリスから教わった〝第9号通路鉱山〟をめざすことにした。自分でそう名づけたのだ。第21ダンジョンと同じく左から数えて9番目の通路にある鉱山という意味で、ドライブレコーダーのデータと連動したマップを作りながら、詳しい地形や目印などの写真データも添えつつ、進軍した。

今までに作ってあったマップと、ナリスからもらった地図から、おおよそのルートは割り出してあった。マッピング作業を行ないながらでも、時速三十キロで三時間かからないはずだ。食料は充分すぎるほど保有しており、万が一何かの罠でさまよい続ける羽目になったり、奈落の底に行く羽目になったりしても、水や食料はまったく心配がない。ディーゼル燃料も、超大量に用意してある。車のスペアもだ。

水の魔法が覚えられなくて残念だ。ただし、空気中に水分があれば、アイテムボックスに空気ごと回収していく奥の手はある。まあ、一生分くらい飲料水は用意したが。食い物は、食用の魔物を狩ることも可能だ。

俺は早朝に出かけることにした。ギルドと子供たちに挨拶して。

ギルマスのスクードは、いつもの優雅な笑顔を浮かべて見送りに来てくれたし、アンリさんやアニーさん、リーシュなんかも笑って手を振ってくれた。それより、本当に帰れるかどうかのほうが心配だ。

子供たちのリーダーの男の子にはそれなりの量の飴を預けていった。あまり長くは持たないぞ、と言うと、〝そんなに持つわけがない。すぐなくなっちゃうよ〟と笑われた。

子供たちに手を振って、絶対に日本に帰ると決意する。そして、またおみやげを買って、ここに帰ってくるんだと心に決めた。

ダンジョンの入り口の門兵たちは、スクードから聞いているので、俺が車で門を通行するのを許可してくれた。V8・6・2リッターのディーゼルエンジンの爆音を歓送マーチに、俺はダンジョンへと突入していった。

ヘッドライト、そしてラリー用のランプ群の照明を頼りに、ハンヴィーは順調に進んでいった。魔物に後ろにまわられると、やっかいなんだよな。このへんが一人の限界というか、なんていうか。道中、都合十二回ほどの魔物との遭遇があった。アローブーストのおかげで、なんなく倒せてはいる。イージスのシールド魔法も、車ごとかけられるようになったし。

そして、俺は〝第9号通路鉱山〟に到達した。確かに、何か掘られているんだが、ここは何を採掘しているんだろうな。帰ることばっかり頭にあって、あんまりそういう情報が収集できていない。今回駄目だったら、帰っていろいろ情報の収集にはげもう。これが自衛隊時代だったら、上から大目玉を食らうところだ。

ここまでは、日本のかけらもないわけなのだが。さて、少なくとも、今までに確認できた収納持ちはナリスさんとサブマスのアンリさんだけだ。もう、ここに来て三週間になるが、なかなかほかの収納持ちには会えなかった。しかも聞いた話では、みんな特定の場所とかじゃなくて、バラバラの場所で能力を手に入れているんだよな。

具体的に言えば、すべて、違う通路で手に入れている。ギルドで紹介できる収納持ちが全部で九人いる中で、誰も被ってない。つまり、場所はあんまり関係ないんじゃないかという推論が成り立つ。多分、今回も駄目だろう。帰ってから、餓鬼どもと遊んだり、探索したり、回復魔法の練習をしたりしながら、収納持ちから事情聴取するかな。そういや、聖魔法って、なんなんだろうな。使い手が少ないんで、ギルドやここにいる探索者にもいないって話だし。そういや、俺はここのダンジョンの街以外に行ったことないな。ほかの街とはかなり離れているようなことを言っていたけれど。行くのなら夜をどうするのか決めておかねばならない。

異世界探検と洒落こむのも悪くない。スクードが探索者証を発行してくれたから、ほかの街にもいける。身分証がないと入れてくれない場合があるそうだ。クヌードのような探索者ギルドが管理するダンジョンの街は、そういうのは基本関係ないらしいが。

とりあえず、鉱山までのマップは作った。いったん帰るか。しばらく走らせてから、燃料の残量が少ないことに気づいた。車を止めて、エンジンを切り、燃料を補充した。アイテムボックスから、燃料タンクに直接補充できるから助かる。車外で、そんな無防備な作業をしていて、フィリップスみたいになっても困る。

ん？　今、なんか心の底に引っかかった。なんだろう。

そして、再びエンジン始動した次の瞬間、ゴンっと強い衝撃がきた。うお、なんだ！

魔物だな。そして、窓からのぞきこんでいたのは、あいつ。紛れもない、フィリップスを食い殺した多足魔物だ。俺は勝手に斑《まだら》野郎と呼んでいる。だが、数が多い。

ちっ。こんなところじゃ、やりにくいな。さっきの鉱山まで戻るか。やつらの攻撃を、イージスの魔法で防ぎながら、俺は鉱山へ向けて戻っていった。あの時と同じじゃないけれど、フィリップスの仇討《かたきう》ちと洒落こむか。

いつぞやと違ってトレーラーなんてよけいな物はついていない。下は舗装路じゃないけれど、ハンヴィーはもともとそんな柔《やわ》な車じゃあない。アメリカ映画みたいに派手にガンガンいった。イージスをうまく使うと、体当たりして跳ね返るなんて芸当もできる。乗っているほうは凄い衝撃が来るが、それは回復魔法でカバーするという荒っぽさだ。

お？　明かりが見えた。ちっ。方向間違えちまったか。悪い、みんな。変なのを連れてきちまった。責任持って、全部片付けるから。イージスで車を囲って、〝銃眼〟をコントロールする。M2重機関銃のアローブーストで殲滅《せんめつ》戦だぜ！

俺は、大広間の明かりめざして、突っ走っていった。

あれ？ ここはどこだ。明かりめざして走っていたはずなのに、ただの通路だ。なんで？ 狐にでも騙されたのか？

俺は用心深く、車をゆっくりと進めた。何か違和感があるな。なんだろう？

いきなりスポットライトのような光が当てられた。馬鹿、まぶしい、やめろ！

そこで気がついた。スポットライト？ 誰が？

違う。これは〝サーチライト〟の光だ。そしてここが少し広い空間なのに気がついた。

そうだ！ 天井にも照明がついている！ まるでラリー仕様のような車のライトが明るすぎて気がつかなかった。よく観察すればケーブル類も走っていた。

俺の車のライトに照らされて浮かび上がったその奥には、〈２５１２Ｇａｒｒｉｓｏｎ〉と書かれたプレートが掲げられていた。それは約三週間前に、俺が命がけで駆けこもうとしていた場所そのものにほかならなかった。

そして、違和感の正体に気がついた。車の足元が、コンクリート舗装に変わっていたのだ。

ただいま、第21ダンジョン。そして日本。

第2章　帰還

1　懐かしの日本

帰ってきた。日本……。心の奥底から熱いものがこみ上げてきた。

はっ。俺はあることをやらないといけないことに、気がついた。マッピングのシステムをSDカードにバックアップする。

そして、車外に出て、一回アイテムボックスに仕舞う。一瞬だけでOKだ。これで、マッピングデータがすべて初期化される。怪しまれないように、燃料もほとんど抜き取っておく。オイルにも汚れみたいなのを混ぜておいた。

データの初期化は、今までに何回も確かめた。本来はデータを消さないための配慮だが、今回は〝データを残さない〟ための配慮だ。このハンヴィーは、米軍に引き渡さないといけない。

そうなると、向こうのマッピングデータが米軍の手に渡る。そんなことにでもなれば、現地の人が危険にさらされる可能性が高くなる。

俺はアメリカ軍の人間じゃない。もう自衛隊員でもない、一介の会社員だ。アメリカ軍は、所詮ただの取引相手だ。俺は彼らに対して、なんの義務も持っていない。探索者ギルドの人たちや、探索者のダチ、解体場の子供たちのほうが大事に決まっている。いずれ米軍もたどり着くかもしれないが、俺のせいで犠牲者が出たりするのは困る。

いつか、あっちへの通路ができたら、遊びに行きたいな。観光の許可は下りるだろうか。あまりきな臭いことにならなければいいんだが。米軍が向こうの世界の人に対して、人道的に振る舞うかは非常に微妙だ。いざとなったら強引に世界を渡り、俺の手でマスコミを送りこむか。

『きみは？』

銃を構えた憲兵が訊いてきた。

『ハジメ・スズキ。愛知商社第21ダンジョン支店所属です』

俺はＩＤカードを見せた。

ん？　米兵たちが騒がしい。あ、エマージェンシー・コールを出して、それっきり三週間逐電していたんだったわ。俺はスマホを出して会社に一報を入れた。

「鈴木、本当におまえなのか？　よく無事だったな。今まで、どこにいた？」

「実は、〝向こうの世界〟――つまり、ダンジョンが本来ある場所です。そこに行っていました」

電話の向こうで、小山田課長が絶句している気配が感じとれた。

「あ、そうそう。向こうで、正《まさ》さんに会いましたよ。ええ、あの〈マサ〉の店長の。向こうに定住されるそうです。小山田さんにもよろしく言っておいてくれと」

さらに絶句した気配が伝わってくる。

「あ、それと、迎えに来ていただけると、ありがたいです。多分、すんなり帰してもらえないと思いますので。早く風呂に入りたいです。あと、すいません、トレーラーを失いましたので、その……」

あそこで世界をまたぐと知っていれば、トレーラーを繋いでおいたのに。ハンヴィーだけでこっちへ帰ってきた以上は、いまさら出すわけにはいかない。どの道、米軍が施した封印を解いてしまってあったので、そのままは出し辛いのだが。

「ああ、わかった。それはいい。じゃあ、迎えに行くから。大人しく待っていろ」

「ありがとうございます。道中気をつけてくださいね」

さってと、今からが大変だ。どうやって、すっとぼけるかな～。

まあ、俺の扱いは丁重だった。美味《おい》しいコーヒーと、ここでは貴重なお茶菓子が出された。俺は嬉しくて、もりもり食べた。相手をしてくれている、駐屯所の責任者の中尉さんも、思わず笑ってしまっている。

俺はまず米軍に対し、上司が迎えに来るのでお話はそれからと伝えた。米軍から輸送代金を入金してもらった〝武器を含む〟荷物を紛失したので、そのあたりの話も含めて、弁護士を通してお話をしたいと。

ロバート中尉は、２５１１駐屯所の上司と通信でやりとりしてくれて、それでいいという形になった。彼は、２５１２駐屯所を預かる責任者で、中隊の副隊長扱いだ。基本ルート15から35までを五個小隊からなる中隊で管理しており、中隊長の少佐を補佐する形となっている。彼の下に二人の少尉が小隊、プラトーンを率いている。

中隊本部は２５１１にあり、そこに中隊長である少佐ともう一人の２５１１駐屯所を指揮する副隊長の中尉がいるという感じだ。地上や中隊の駐屯所同士との連絡事務や、ほかの駐屯所とのやりとりをする大尉さんが別に駐留している。

少佐不在の場合は大尉さんが中隊を預かる。二人が同時に留守になることは、どちらかが、あるいは両名が戦死した場合以外にはありえない。１５１補給所を管理する小隊にも中尉はいたが、戦死したので二階級特進で少佐になったそうだ。残された家族のためには必要なことだ。

それにしても、この駐屯所は大きいな。人員はさほどいないのだが。本来はもっと人員をいれたいのだろう。

なんだよ、あれ。M2重機関銃とMk19自動擲弾銃を外部砲塔に連装した、装甲警備車とかあるじゃないか。あれなら、中から砲塔を操作できるし。欲しい。でもこの装甲車、中から周りは見えないんだけどな。

一人で運転はきつい代物だ。ここにも魔力はあるようだ。日本側のダンジョンでも複製することは可能か？　コーヒーカップの下の皿で試してみた。お、できた！

でも車の場合は、元本の車両にあるデータとかが消えちゃうよな〜。すぐ俺の仕業とばれそうだ。返納のハンヴィーと一緒だからな。こいつは、新品に変わっちゃうのも言いわけが苦しい。

俺が納入しようとしていたのは、新品だったからいいけど。本当はハンヴィーも、データ消しはやっちゃいけなかったんだが、あれはやむをえない。すっとぼけよう。あれは世界を越えたからだと言いわけしておけば、米軍には確認できないだろう。

この２５１２駐屯所は最前線のベースじゃない。さらに一個前があるからな。まあ、あっちは戦うためだけのもので、宿舎は基本こっちだけれども。

俺は、ここで中尉さんと寛ぎながらも、いろいろ物品の作成にはげんでいた。かなり材料は集めておいたんだ。この部屋にあるものも、適当にさくさく作っていたりする。出したものは新品になるから、やりすぎたらマズイが。

まあ、そう簡単に気づくものじゃないけど。ま、ここまでにしておくか。さっき、ガソリンの予備容器もせしめたので、ガソリンをバンバン作っているところだ。こちらの世界でも、魔力のようなものは、ちゃんとたまるようだ。

とにかく、いろいろと持って帰ってきたけど、結局換金は無理かな。値打ち物があるとわかれば、アメリカだけでなくほかの国も目をつけて、とんでもない騒ぎになるだろう。第一、アメリカが本気になる。

資金を出すやつが増えるのが一番まずい。俺はアメリカという国を舐めないという習慣がついている。でも売れるなら売ってみたいのは人情だ。お宝については、様子見だな。

あの世界は、あの世界。なるべく、放っておいてやればいいのに。こっちの世界の人間に、あの世界をどうこうする権利なんかない。まあ向こうには魔法もあるから、ひと筋縄にはいかないけど。現地の事情を、もっと調べてくればよかった。

この世界にダンジョンが存在するという現実もある。市民にも死者は出たのだ。脅威をもたらしている事実は否めない。俺がそんなことを考えているあいだに、小山田課長が到着した。

課長が乗ってきたのは、〝軽装甲車〟だ。日本でこれを使っている会社は、うちみたいにダンジョンで仕事する会社以外にはないだろうな。超大型のバンみたいなものだ。ハンヴィーよりも幅があるので、すれ違いはキツイ代物だ。これに乗っていると、ハンヴィーなんかオモチャみたいに感じる。最近は自衛隊でも、邦人救出用に購入を決定した車種だ。

「鈴木！」

小山田さんは、いかにも自衛隊出身者らしいがっしりした体格をしている。まだ三十代後半に入ったばかりだが、五歳は若く見える。髪は相変わらず短めで、黒々としているし。

「課長、ご心配をおかけいたしました」

「いや、無事でよかった」

『ロバート中尉、弊社の社員を保護してくださって、ありがとうございます。お話は後日ということで』

小山田課長は、責任者と話をつけてくれた。これで帰れるぜ。もっと、かかるかもと覚悟していたんだ。

『わかりました。ご苦労さん』

『ロバート中尉、フィリップス少尉のことは残念でした』

俺は別れぎわにそう伝えた。彼に見せられた、家族の写真が目に浮かぶ。

『ああ、そうだね。だが、きみが気に病むことではない。彼は立派な軍人だった。彼の家族には、国からきちんと保障もなされた。でも、ありがとう』

彼は、そう言って、俺に右手を差しだした。

2　何気ない日常

課長と一緒に、いったん第21ダンジョン支店に戻った。連絡を受けた社長が、わざわざ来てくれていた。愛知商社はその名が示すとおり、名古屋に本社がある。ほかに千葉の第5ダンジョン支店、静岡の第15ダンジョン支店があり、日本三大ダンジョンを網羅している。ここも本店ではなく一支店扱いだ。

「鈴木、無事に戻ったか。よく生きて帰った」

社長の霧島醍醐《きりしまだいご》も元自衛官で、地元の愛知県で会社を興した。まだ四十歳で、見るからに壮健で頼りになる人だ。

「はい、ありがとうございます」

いつもは営業所のあいだを飛びまわっており、本社での仕事も多く大変いそがしいはずなのだが、こういう時にはちゃんと顔を出してくれる。ちょっと胸が熱くなった。

「また米軍から呼ばれることになるだろう。今日はもう帰れ。小山田君、家まで送ってやってくれたまえ」

「わかりました、社長。さあ、鈴木、行くぞ」

「ありがとうございます、社長。それでは、これで失礼いたします」

課長の運転する車の中で、俺はずっと考えごとをしていた。さすがに装甲車ではない。ランドローバー・ディフェンダーだ。もう生産中止になってしまったこの車は、自衛隊で使っている高機動車の民生版メガクルーザーよりもごつい。完全に軍用車そのものだ。

もしもの時に備えて、こんな車に乗っている人なのであった。たとえば、今日俺を迎えに行くようなシーンとか。装甲車がいつも空《あ》いているとはかぎらない。

「鈴木、いろいろあったと思うが、今日は家に帰ってよく休め。家には連絡しておいた」

それを聞いて、跳ね起きてスマホをみたら、家から着信の嵐だった。うっわああ。

課長は笑って、「まあ、そんなもんだ」と、俺の肩を叩いた。

恐る恐る、母親の携帯電話に電話をかけた。スマホじゃなくてガラケーね。

「あのう、お母ちゃん？」

「肇《はじめ》？　肇なのね？　あんた、いったい何やってるのー！」

さらに、凄い罵詈《ばり》雑言《ぞうごん》の嵐が返ってきて、思いっきり凹《へこ》んだ。ある意味、魔物の攻撃よりもきつい。

俺の車は、父一樹《かずき》が挨拶も兼ねていったん引き取ってきてくれてあった。

送ってもらった家の前で、直立不動の体勢で、小山田課長を見送った俺が振り返ったら、家族一同が総出でお出迎えだった。茶髪に染めたロングヘアを振り乱して、目を吊り上げた妹の亜理紗《ありさ》が先頭だ。

「お兄ちゃん、信じられない。三週間も行方不明だったのに、帰ってきて、うちに電話ひとつ寄越さないなんて！」

いきなり、こいつの攻撃か。相変わらず可愛くない！

「まったく！　あんたって子は、昔から～」

少しパーマをかけた、ややきつめの顔立ちの母香住《かすみ》が、怒り心頭だ。妹は母親似だと思う。

はいはい。言いわけのしようもございません。

「お帰り」

穏やかに、言葉少なく迎えてくれたのは父だった。頭に白い物も多くなってきた年代で、渋い眼鏡をかけている。

この時期、仕事が滅茶苦茶いそがしいのに、帰って待っていてくれたのか。悪いことしたな。

「兄ちゃん、お帰り」

ちょっと笑いながら、高校生の弟淳《じゅん》がポンっと肩を叩いてくれた。

おう。こういう時、こいつはサバサバしていて助かるぜ。

妹に腕を引っ張られ、母親に後頭部をこづかれながら、俺は懐かしの我が家に引き立てられていった。

早速、リビングに連行されていって、今までどこで何をやっていたのか、きりきりと吐けと言われたが、俺はあっさりと拒否した。

「「なんでよ！」」

すぐに母親と妹がハモってヒスったが、俺は平然と答えた。

「この家の会話が盗聴されている可能性があるからだ」

一家の団欒《だんらん》の場であるリビングが、沈黙一色に彩られた。父が黙って茶を啜る音だけが、それを破った。まあ、魔物が人間の血を啜る音よりは、いくばくかマシだと思う。

弟は相変わらず、おもしろそうな顔をして見ている。そして、お菓子を取ろうとした手を、凄い顔をして睨みつける姉の手が払いのけた。首を竦《すく》める弟。

俺は米軍でもらった菓子を、妹の頭越しに投げてやった。やつはすかさず受け取り、包みから取り出して、口に放りこむ。

「もう！　馬鹿馬鹿しい。あたし、もう寝る！」

妹は相変わらず、カルシウムが足りていないようだ。

「肇、今日はもう疲れただろう。風呂に入って、休みなさい。母さんも、もうそれくらいで」

俺は父に、これ以上ない立派な敬礼をして、リビングから逃亡した。あの父は、自衛隊に入る時も、親の同意書に黙って判をついてくれた。辞めた時も。

今の会社に入る時も、黙って頷いてくれた。生きて帰ってこられて本当によかった。

俺がフィリップスと一緒に死んでいたら、父は後悔しただろうか。

俺は風呂の中で、あちらでのことをいろいろと思い出していた。向こうで俺によくしてくれた人たち。子供たち、正《まさ》さん。ギルドの連中も。

ビールを一杯引っ掛けて、カップ麺を啜って、部屋でベッドに倒れこんだ。三週間ぶりの自分のベッドだ。寝つけないかと思ったが、いつのまにか眠ってしまったようだ。

翌朝洗面台で、ゆっくりと朝の儀式をしていると、弟が降りてきた。

こいつは、俺と同じでガタイがいい。父に似ているのだ。こいつも俺の影響か空手をやっている。短くした黒髪は、父や俺の影響があるかもしれない。まあ、のんびりした性格なので、粗暴な気配はまったく欠片もない。顔も素直そうな顔をしている。妹と違い、こいつは可愛い。

「おはよう、兄ちゃん」

「おう。おはよ。おまえ、こんなにのんびりしていていいのか？」

「今日、土曜日」

「そっか」

この曜日感覚のなさには、しばらく慣れないかもしれない。

ダイニングに行くと、みんなもう朝飯を食べ始めていた。

「おはよう」

「おはよ、馬鹿兄」

「おはようさん、今日はどこのダンジョンにおでかけ？」

やれやれ。

父は笑って飯を食っている。我が家は平和だねえ。何か妙に帰還した実感がわいてきた。

「兄ちゃん、今日デートなんだ。遊園地まで送ってよ」

「あいよ」

ダンジョンのおかげで、そうしてやったほうがいいのだ。遊園地は我が家の右上方にあるが、そこをめざしていくとダンジョンに突き当たる羽目になる。

第21ダンジョンは、家から六キロ離れたところにある。直径二キロものでかさだ。日本に四十あるうちの三番目にでかいダンジョンだ。直径約三キロが立ち入り禁止区域となっている。入り口が中央にあるから、そんなものですんでいる。

ひとつの市町村の中心部が、ごっそり封鎖され、その市の残り部分は左右にある市町村に吸収された。地震の被害こそなかったものの、ダンジョンに飲みこまれた町は大被害をこうむった。約三平方キロメートル以上にわたり、岩山のように地形が変わり果て、元の町は消えうせた。

3　ダンジョン・パニック

当初はたいした騒動は何もなかった。魔物が出現するという情報があったため、警察がパトロールし、命令を受けて武装した自衛隊員も出動していた。ダンジョンの封鎖にもまわった。パトロールは主に普通科隊員だが、初めは彼らも不思議そうな顔をしていた。

コア部隊である豊川第４９普通科連隊は、八割が予備自衛官で編成される特殊性がある。その代わり、残りの常時基地にいる普通科部隊には、通常任期制の隊員は一人もいない。見習いではなく、正規の自衛官で構成された部隊だ。

上では予備自衛官の招集まで検討された。ほかの駐屯地から応援をもらうか、召集をかけるかの事態だと判断されたのだ。通常任務に支障が出てしまいそうだったからだ。

駐屯地は騒然とした空気に包まれた。

自衛隊に〝戦闘行動〟を目的とした出動命令がくだされたのだ。通常の制服とは異なる、厚地の戦闘服、鉄兜、身に着けた物だけで十キロを超える戦闘装備。

それに弾薬こみで重さ四キロくらいの自動小銃と三十発入りのマガジン六本を身につける。背中には三十キロの背嚢を背負った。三日分の荷物をもっていなければならない。ヘルメットも通常使用するプラスチック製のものでなく、金属製の戦闘用を着用した。全部合わせて約五十キロ近い装備だと思ってもらえば間違いない。

訓練なんて、これを背負って戦闘ができるようになるためのものだと思っている。映画みたいにフル装備で走って戦えるのは、ほんのわずかなあいだの時間だ。現代の軍隊は車で移動することを前提に編成されている。

俺は施設科だったが、レンジャー資格を持っていたので、緊急でそちらへ編入された。皆、初陣《ういじん》ということで緊張しているようだ。しかも相手はわけのわからない生物だ。目を白黒させているうちに、班が編成され、陸曹ばかりの班に組みこまれた。この人たちは、戦時には元自衛官で構成される予備自衛官や、自衛隊にはいなかった一般人で構成される予備自衛官補などを、教育・指揮する教官みたいな人たちなので、少し緊張した。

俺の緊張を置き去りにして、事態は疾風のごとく突き進んだ。荷物を背負い、整列し、気合を入れられて、俺を含む四人編成の班は高機動車に積みこまれていった。

「えらいことになったものですね」

俺は高機動車の荷台でお向かいにいた普通科の陸曹に話しかけた。

「おう。射撃には充分気をつけないとな」

正規の自衛官である彼ら陸曹は、そのあたりを強く懸念しているようだ。海外の警察とかは跳弾などを懸念して、銃火器のような装備は口径や弾丸の威力も選び抜いている。自衛隊の敵は、正面の敵だけではない。自衛隊が非難されるような結果は避けないといけない。むしろ、そっちの攻防のほうが激しいのだ。へたを打つと国防に支障が出てしまう。

敵に向かってバンバン撃てばいいだけとはかぎらないのだ。今までは、そういうケースはほぼなかった。俺たち一般隊員が知らされていないだけで、実際には弾の飛び交う戦場もあったのかもしれないが。

そして跳弾や流れ弾もある。89式自動小銃の有効射程は五百メートル。弾自体はもっと飛ぶ。だから、ライフル銃の所持は非常に厳しい条件になっている。軽量な5・56ミリ弾は風の影響も受けやすい。

遠くまで飛んだ、威力の落ちた弾は目標からそれやすいだろう。やたらと撃つと意図せぬところへ着弾しないともかぎらない。それでも人間に当たれば死傷する。警察官の撃ったチャチな拳銃弾が三百八十メートルも離れた場所で発見されることもあるのだ。おまけに戦闘区域は、主に市街地というお膳立てだ。その上、相手が自分の武器で倒せるのかどうかも不明なのだ。戦闘自体を経験したことのない自衛隊には、いきなりで厳しい任務となった。指揮官は内心泣きが入っているだろう。そんな様子はおくびにも出さないが。

俺は頷いて、小銃を握り締めた。高機動車の後部スペースは、本来なら戦闘装備の隊員でいっぱいだ。最大十名で出動するため、荷物を真ん中のスペースに置いて、すし詰めにするのだが、今日は全部で四名だ。車長と運転士、そして俺を指導する三等陸曹の編成だ。

胸元にレンジャー徽章がついていなかったら、俺なんかただのお荷物扱いになっただろう。パトロール区域が広く、随所での戦闘行動が予想されるために、分隊ではなく四名編成の班での行動となっている。今のところ、分隊レベル以上が必要な殲滅《せんめつ》対象は報告されていないといわれている。

豊川駐屯地は普通科人員が少ないため、今回はこうやって他部隊の人員を混成させて班を編成している。レンジャー資格持ちは優先して編入された。豊川は基本特科部隊が主力だ。そちらからもレンジャー徽章持ちは初期に動員されている。歳のいった人などは、しんどいだろう。

本来ならば任期制陸士長で、京都に本拠を置く第４施設団に所属する施設科隊員の俺にお呼びがかかることなどないのだ。俺は課業の途中で、突然中隊長に首根っこをつかまれて、引きずっていかれた。

連れていかれた先では、同じくレンジャー訓練の相棒《バディ》だった青山が同様の目に遭っていた。そして武装を整え、緊急出動するよう命じられたのだ。駆け足で装備を受け取り、大急ぎで集合した。こんな日が来るなんて、夢にも思っておらず、みんな目を白黒させていた。

あまりに異常な緊急事態で、中部方面区からの通達により、普通科を擁する各師団司令部、各駐屯地司令の判断で急遽編成されたのだ。

中部方面混成団隷下《れいか》の豊川第４９普通科連隊も、便宜上守山駐屯地の第１０師団の指揮下に置かれた。ここももともと、昔は第１０師団隷下にあった部隊だ。

異生物との戦闘という想定外の異常事態である上に、時間、いや分単位での即応性が要求されたため、とりあえず予備自衛官の招集は見送られた。豊川ではまもなく、特科の一般隊員からも魔物パトロールに動員されることになった。

豊川駐屯地も、三河方面は全面カバーしなければならない。だが戦闘行動が必要となると、また話が変わってくる。これがこの地方だけであるならば、近隣の名古屋や静岡、あるいは名古屋以外からも応援を呼ぶのだが、あいにくそっちにもダンジョンが発生している。

日本海側にある第10警備地区内の駐屯地からは、三重にダンジョンが大量発生しているので、そちらへ応援に出されている。それでも三重は人員が足りないので、隣の第3警備地区からも応援をもらっている。

唯一近場の岐阜は守山の分屯地だ。被害地域以外の中部方面区からの応援も来る予定だが、すぐには間に合わない。

近場の第3警備地区には和歌山県が入っており、そちらと三重への応援で大わらわだ。和歌山も駐屯地が一つしかないのに、ダンジョンが十も湧《わ》いている。

同じ中部方面区からは、遠い中国地方と四国から来てもらうしかない。それ以外の他方面区となると、東北や九州からの応援になるので、さらに遠い。

東京方面にダンジョンが多数あるので、東海地方へ応援に来てくれるなら九州だろう。もはや国家総動員というのに近い。隣り合った東京方面と名古屋方面が同時にやられてしまうと、こんな酷いことになるのだ。

お隣の東京管轄である東部方面区も、首都防衛という重大任務がありながら、十八ものダンジョンを抱え、さらに日本で一番目と二番目の規模を誇る巨大ダンジョンをも抱えていた。

また東部方面区内でも、お隣の静岡県がダンジョンを大量に抱えているため、よけいに酷いことになっている。

和歌山・三重・静岡と近隣三県がそれぞれ九ないし十個と大量にダンジョンを抱えこんでいるために、愛知県は応援も思うように受けられない。ダンジョンが三つしかない愛知県はまだマシなほうなのだ。

動員数に加えて、敵との戦闘行動を含む内容であるため、非常に厳しい対応となった。そこへロシアなどの領空領海侵犯攻勢があったため、自衛隊にとって泣きっ面に蜂の状態であった。陸海空のすべてにおいて、余裕なしの状態だった。

国も首相官邸に対策本部を作り、対応に大わらわだ。自衛隊には、市町村の要請に従い、臨機応変に戦闘部隊を出動させるよう、国から異例の命令が下った。

文字どおり、〝国民を守る〟ことが最優先された。自衛隊は高機動車や通常車両タイプなどに班単位で乗りこみ、慌ただしく魔物出現地帯でのパトロールを繰り返した。

だが、思ったほど魔物の数は多くなく、俺は直接戦闘に関わることはなかった。豊川の第19ダンジョンや岡崎の第20ダンジョンは、比較的小さくて魔物出現数も少ないため、それぞれ数体しか魔物が外に出ていなかったようだ。

まったく被害の出ないうちにすべて掃討された。入り口は封鎖されて、魔物の掃討はすぐに終わった。施設科はダンジョンを囲む柵の建設に入ったが、俺がその作業に入ることはなかった。

いったん俺たち普通科以外の人員は、豊川駐屯地管轄の魔物パトロールからはずされたが、すぐにまた応援に出されることになった。

問題は第21ダンジョンだ。かなり大型のダンジョンであったため、大量の魔物が出現した。豊川第49普通科連隊は人員が少ない上に、地元に二つのダンジョンを抱えるため、応援は俺たちのような他部隊のレンジャー資格持ちが駆り出された。

だが、よくある話で、俺たちが行くころには、市中の魔物退治はほぼ終了していた。だが、不安がる市民のために自衛隊のパトロールは続けられた。俺も作戦に従事したが、最後まで魔物と戦闘することはなかった。

名古屋のほうは、都市部に大量の魔物が出現したため、市民や警官に二十六名の犠牲者が出てしまった。ことに市民を守るために魔物と戦わなければならなかった警官の犠牲者が十四名を数えた。

警官の負傷者はさらにその十倍にも達した。彼らは威力の弱い拳銃と、基本五発の弾しか携行していない。初期には予備の弾薬さえ持ってはいなかったので、殉職者を増やす原因になった。急遽予備の弾薬と、自動拳銃の配布が行なわれた。警官がライフルを持って出動する姿は日本では異様に映る。

数少ない自動拳銃を所持していた警官の中で犠牲になった人はいなかったようだ。SATも出動したが、いかんせん対応できる限界を超えていた。

警察の要請で、名古屋市長と愛知県知事が自衛隊の出動を要請したため、早期出動が可能になった。国が素早く対応したのだ。魔物出現から、自衛隊に〝戦闘指示〟が下されるまで、二時間とかかってはいなかった。

日本政府の対応としては、異例に決断が早かったと言えるだろう。自衛隊が緊急出動したため、それ以降は犠牲が出ることはなかった。


そんなある日、突然、中部から関東にかけて、魔物出現ポイントから急速にダンジョンが広がった。

そのまま日本全体が飲みこまれていくのではないかと、当初はいささかパニックになったが、そんなことはなかった。災害には比較的落ち着いて行動する国民性により、すぐに大騒動は落ち着いた。

だが、多くの国民が家を失い、消えてしまった町も多数ある。広域ダンジョン化のさいに人的被害がゼロだったのは奇跡だろう。

ダンジョン化の進行がじわじわといった感じで、遅かったせいでもあるが。家財の持ち出しなどをしていて避難が遅れるような人もいたし、情報が行き渡っていない人もいたので、中には危ないケースもあったのだ。

遅まきながら、自衛隊にも災害出動が命じられた。俺にとっては、それが国民のみなさんへの最後のご奉公となった。その後、退官するまでのあいだ、地元豊川近辺にあるダンジョンの警備へとまわされた。

4　遊園地にて

　ダンジョンが広がってしまったおかげで、至近距離にあった鉄道の駅の北側が消失する形となり、我が家は大変な不便を強いられることになった。だが、近辺にあった私鉄一本と、ひとつの市町村の消滅ですんだのは僥倖《ぎょうこう》だった。

　周辺の高速道路や、幹線道路は軒並み無事で、名古屋市内もいっさいかからなかった。これが、名古屋のど真ん中や、高速道路のジャンクションのど真ん中だったら、洒落にならないところだった。周辺の空自も含む自衛隊基地も、ひとつ残らず無事だった。

　だが、名古屋市内には、当初は魔物が襲来した。俺も家と家族がすごく心配だった。だが、家族に言わせると、戦闘出動したりダンジョンの警備についたりしている俺のほうが心配だったらしいが。

　そんなこんなで、遊園地に行こうと思ったらまず一回南へ降りて、さらにマイナー鉄道に乗り換えて東へ行き、そこからまた北へ行かないと行けないという時間と金の無駄になる経路をとるしかなくなってしまった。それで、俺が送り迎えというわけだ。

ダンジョン関係の仕事はそこそこ景気がいいので、給料は悪くはない。危険手当もある程度もらえるので、俺もそれなりにいい給料はもらっていた。もっと上等な車も乗れたが、俺は1・8リッターハイブリッドのワンボックスに乗っていた。5人家族なので、それで充分だ。

幸い、全国的にみても、空港、新幹線、主要高速道路などは被害を受けていない。さらに、東京にダンジョンが発生していないのも大きい。大阪はもともと、被害地区ではない。

それらは不幸中の幸いといってもいいだろう。その反面、一県で十のダンジョンを抱えてしまっているようなところも複数ある。名古屋を擁する愛知県以外にも、静岡や千葉、和歌山に三重と、九ないし十個のダンジョンを抱えている県は四つもあるのだ。

それらの県は、経済的にかなりヤバイはずだ。日本経済へのその影響は、まったくの未知数だ。日本の都道府県のうち、約一割が将来に渡り、多大なダメージを受けてしまっている。

株式市場もいまだそれを消化しきれていないようだ。

食後のお茶で寛いでいると、ドアチャイムが鳴った。弟の彼女が来たようだ。弟が駆け出していって、すぐに戻ってきて、「兄ちゃん、お願い」と。

「じゃ母さん、行ってくるわ」

「気をつけるのよー」

「ダンジョンの中じゃないんだから」

「はいはい」

何気ない、家族とのやりとりに感じる幸せ。魔物あふれる異世界は、もはや俺にとって遠い存在だった。

俺は、車を東に向かって走らせて、国道41号線を北上していった。

「ねえ、お兄さん。ダンジョンの中で行方不明だったたって、本当？」

弟の彼女、美希《みき》ちゃんが聞いてきた。この子はなかなか可愛い。素直そうな好感の持てる顔立ちに黒いロングの髪がよく似合う。弟と同じ高校一年だ。

「まあね〜。これでも元自衛官だし、そう簡単にはくたばらないさ」

「ふうーん」

「それよかさ、兄ちゃん。夕方四時半には迎えに来て。彼女んとこ、遅くなるとうるさいからさ」

「あいよ」

国道41号をはずれ、目的地へと流した。後ろでふざけている二人を見ると、思わず和む。混みだした遊園地の駐車場で、二人を降ろした。そのさいに弟の肩をちょいっと引いて、少し小遣いを渡してやった。

「ありがと、兄ちゃん」

弟も、まだ幼さの残る顔をほころばせる。

「じゃ、夕方迎えに来るから、ちょっと前に電話寄越せよ。夕方は道路が混むからな」


弟たちを遊園地で降ろしたあと、俺は、あちこちでいろいろ買い物をしては、それらの品物をアイテムボックスに仕舞っていった。これが実はこっちでも使えるんだよな。まあ、世界の狭間に仕舞ってあるみたいだから、どっち側からでも使えるって言えば、そのとおりなんだが。

正《まさ》さんに頼まれていたものとか、いろいろ買い物をした。

向こうで岩石とかから手に入れた金《きん》があった。たいした量はない。金鉱でもなければ、通常は一トンから一グラム程度取れれば上等な部類だ。まあ、厖大な量の岩石を処理したので、それなりには確保した。

うちにあったメッキの安物の形で複製して、金のネックレスとかが作れてしまった。材料と形とでイメージを持てばいいようだ。買い取りをしてもらって、少し換金した。結局この程度しかうるおわないな。この金で買えるだけ、物を仕入れておこう。

あとは、解体場のチビどものお菓子か。スーパーであれやこれや買いこんだ。調味料に、缶詰、ラーメン。解体場のチビ公たち用に服とかもつい買ってしまった。何をやっているんだ、俺。

おっと、酒、酒。こいつばかりは譲れないぜ。

あいつらは、やっぱり食い物だよな。ジュースもいる。あ、オモチャもありかも。うちの古いのも複製しよう。もう一度行けるかどうかなんて、わからないけど、準備だけはしておきたい。

うちにある、自転車や三輪車に一輪車、キックボードにスケボーと。キャンプ用品あれこれに釣り道具と……。魔力は余っているな。なかなか、なくならないぞ。そういや、向こうで最後のあたりは魔法で魔物を狩りまくっていたしな。かなり魔力が増えているのだろう。大概の物は材料あるし。食い物関係は材料がないな。DIY工具に、溶接機に発電機と。うちは親父の趣味で、こういうのは充実しているし。園芸用品も複製した。PCもコピーする。データをバックアップするのが手間だったけど。

おっと本は、とりあえず全部仕舞っておくか。ＣＤにＤＶＤと。台所用品も複製していただきだ。また、これがお袋と妹がいろんなものそろえているんだ。うちにある以外の事務用品なんかも欲しいな。

うちにあった、お好み焼きプレートやたこ焼き鉄板も複製してみた。もう大概の素材は、合成し終わったような気もするな。自衛隊時代に駐屯地の販売店で山盛り集めた、自衛隊用の個人装備も突っこんでおく。あと、親父の日本刀も複製した。支援魔法をかければ、戦車でも切れるはずだ。部活は剣道をやっていたし、自衛隊時代は銃剣道には勤しんだのだ。

向こうで使えるマウンテンバイクが欲しい。オフロードバイクがあってもいいかもしれない。これはすぐ買えないな。住民票を取ってきてバイク屋へ行ってきた。あと、いい万年筆があるといいかも。買ってこよう。コンロ類もいろいろあってもいいかもな。バッグも欲しい。順繰りに買いに行った。

それからファストフードで各種バーガーに、団子に鯛焼き、大判焼きにたこ焼きと。ティッシュにタオルに、カップとか買いあさった。うちにある不用品は、みんなもらった。医薬品も時間はかかったが、なんとか複製できた。薬はその他を追加で買ってきた。会社で不用品があったら、もらってこよう。

あっちの世界と、自由に行き来したいんだけど、なんとかならんものだろうか。

まだ時間があるな。コンビニへ行って、あれこれ商品をゲットした。

近所の弓具店で、弓を買ってみた。弓道のやつと、アーチェリー。クロスボウはすぐには手に入らないので、ネットで注文した。帰ったら、もう三時半近かった。

そろそろ出かけるか。向こうで待っていても、いいだろう。

「母さん、俺、淳《じゅん》たち迎えに行ってくるから」

「ああ、気をつけていっておいで」

俺は渋滞する前に、早めに遊園地の駐車場へとたどり着いた。運転席のシートを倒し、異世界で撮った写真や映像を再生してみていた。ふっと見ると、もう時間が結構たってしまっていた。

おかしいな。もう四時半を完全にまわっているというのに、電話が鳴らない。こっちからかけても出ないんだよな。コール音は、ちゃんと鳴っているんだが。まさか、どっかでエッチしているんじゃあるまいな。もう園は閉まる時間だ。

「あ、母さん？　淳のやつ、ちっとも電話出ないんだけど、そっちに電話いってない？」

「来てないわよ。おかしいわね〜。遅くなると、美希ちゃんとこはマズイはずなんだけど」

「だよねえ。あんの馬鹿、何してるんだか。美希ちゃんの携帯番号、わからない?」

「ごめん、聞いてないわあ」

「じゃあ、迷子の呼び出しをかけちゃる」

「あははは、それいいわ」


だが、閉園して一時間もたった十八時になっても、電話は来なかった。遊園地で繰り返し呼び出しもかけてもらったのだが、連絡はなかった。美希ちゃんの家でも大騒ぎで、お袋もてんてこまいだ。まずい、これは何かあった。十九時に、ついに美希ちゃんの家族と一緒に、捜索願を出すことになった。

俺は、遊園地に張り付いていることになった。妹は母親についていて、親父はあちこち走りまわっていた。俺たちは連絡を取り合って、長い時間待った。俺が遊園地の事務室で待っていると、職員が手紙を手渡してきた。

「さっき、〝これをあなたに渡してください〟って」

なんだあ?

5　敵

訝《いぶか》しみながらも、中を開けてみたら、とんでもない内容だった。

おまえの弟は預かっている。女も一緒だ。警察に言えば、二人とも殺す。

一緒について来い。


気がつくと、おれのそばに男が一人立っていた。来い、と手で合図をしている。こいつ、いつ現われたんだ？

そうか……そういうことか。俺は怒りのあまり、血が冷たくなっていくような感覚を覚えた。今すぐこいつをアローブーストの銃弾で吹き飛ばしてやりたい、そんな衝動にかられる。

俺はそいつに近づいて、にこにこしながら、血の凍るような声でこう挨拶した。

「フ〇ック・ユー、アス〇ール」

男は答えずに、酷薄そうな目で凄惨に笑った。その顔にはなんとなく特徴があった。

俺は後ろからついていきながら、男の背中に執拗に殺気を放ち続けた。魔物を殺す時のように。本物の強烈な殺意。本来、銃で敵を撃ち殺し続けた兵隊だけが持つものだ。

男はその手のものには敏感な様子で、時折不安そうに振り向くが、俺はただにこにこしているだけだ。その代わり、あることをしていた。

合成したセルロースなどで作った紙で、さっきの脅迫状を超大量に複製して、ゴミのようにバラまいてやったのだ。ついでに書き加えておいた。〝捜索願の出ている鈴木淳《じゅん》・相原美希《みき》は某国人にさらわれた。このビラを警備員室にいる警察に届けてください〟と。

ビラをやつらに見られるとマズイと思ったが、このままだと、もっと大変だ。くそ。どうする。こいつを殺すなんて、いとも簡単なことだが、そのあとがな。まったくもって面倒なことをしてくれたもんだ。

おのれ、最近のさばっている東南アジアの某国の連中の仕業なのか？　やってくれたな。いつか必ず仕返ししてやるぞ。アメリカやロシアや中国だけでも、面倒だっていうのに。こんなやつらを野放しにしている日本って、なんて駄目な国なんだろう。個人的な戦闘力は別として、一介の民間人にすぎない俺に、ほかになんの手が打てる？

考えろ、くそ。

だが、いい考えは浮かばなかった。建物を出て屋外へと進んでいったが、やがて男は立ち止まった。

「おかしな真似をするな、歩け」それだけ言うと、懐から拳銃を取り出し俺に突きつけた。笑止千万だ。俺はイージスの盾魔法を、不可視の状態で展開することができる。すでに展開ずみだ。

イージスは自分の周りに展開しながら、別の場所にも張ることはできる。まず、弟たちの姿を確認しないことには、どうにもできない。それにしても、やりたい放題やってくれる。

こいつら本当に頭くるな。

やつらは遊園地内で、堂々と拠点を築いていた。優雅に屋外のテーブルでお茶をしてやがった。笑っちゃうね、遊園地がグルか。いや、内部に協力者がいるだけなのかもしれない。どうせ、ヤクザ経由だな。大企業にはありがちなことだ。

二人の姿が見えないので少し焦る。どこかへ運びだされていたらマズイ。

俺は自衛隊上がりの大きな声で、にこやかに挨拶した。

「オールユー◯ーデッド、マザー◯ァッカー」と。

男たちのあいだに失笑がわいた。そうだろうね。でも皆殺しにするくらいは、本当に簡単なんだがな。おまえらザコすぎるんだよ。軽機関銃と爆発物でも併用すれば、すぐにかたがつく。

弟はどこだ、なんて俺が言うわけがない。言ったところで、返事はないし、そのうち俺もあの子たちも殺されるだけだ。なんとかこいつらだけに死んでもらわないといけない。喧嘩売ってきたのはそっちだ。悪く思うなよ。

とりあえず、手詰まり感を解消するために、火をつけてみることにした。あたりに生えているすべての木に、アイテムボックスから複製しまくっておいたガソリンを超大量にぶち撒いて。俺はマッチを取り出して、火をつけて、それをアイテムボックス経由で周りの木に放ったのだ。

爆発するかのように、一瞬にして木々が激しく燃え上がった。素材用の酸素も豪快に吹き付けてやったので、さらに激しく炎が舞った。俺はそれを見て魔王のごとく嗤《わら》った。本当に楽しく嘲笑してやった。

やつらが、〝この狂人が！〟みたいな目で見ていたが、おまえら人のこと言えるのかよ。ひとさまの国でよくもまあ好き勝手してくれたもんだ。敵だ。おまえたちはまごうかたなき、俺の敵だ。

誰かが押した火災報知器の音が鳴り響いた。やるか。どの道、もうこのままだと二人は殺される。やつらは魔物！　人間じゃない。俺が異世界で倒しつくしてきた魔物の同類だ。俺の腹は決まった。

俺は逃げ出そうとするやつらに向かって、アイテムボックスから取り出した軽機関銃をぶっ放しまくった。背中から撃たれてバタバタと倒れていく某国人ヤクザたち。

やつらは慌てふためいていたが、構わずに撃ち殺した。俺はこいつらを同じ人間だなんて思わない。どうせ〝日本にはいない〟ことになっているんだろう。

いない存在を撃ち殺すことなんて、誰にもできやしないのだ。二人はどこだ。

やや甲高い音を立てて、イージスに当たった弾が跳ね返った。俺は振り返って、そいつを撃ち倒した。弾薬ベルトを取り替えて、残りのやつを探す。

「武器を捨てろ、このクソ野郎！」

やつらは二人を連れてきて、頭に銃口を押し付けた。おお、人質をやっと発見した。数人の男たちが、縛り上げた二人を引きまわした。お、助かった。二人一緒にいてくれなかったら、どうしようもなかったぜ。

そして、俺はやつらの想像しえない行動に出た。やつら全員を、人質ごと的《まと》にしてやったのだ。撃ちまくった。弾薬ベルトを装塡ずみの軽機を次から次へと取り替えて。魔物狩りと何も変わらない。まったく儲からないから、こっちのほうがつまらない。やつらは全滅しただろうか。

もちろん二人は別だ。見つけしだい発動したイージスの魔法は、彼らを守ってくれた。血まみれになって倒れているやつらを見たが、不思議と後悔のような念は欠片もわいてこなかった。だいぶ異世界のスプラッタな光景に毒されているようだ。あちらの世界で俺が流させせた、そして見てきた、キロリットル単位の血の量が感傷を心の圏外に押しやった。

死の淵にあった身内の命のほうを圧倒的に優先した。このあたり、異世界の考え方が染み付いているのだろうか。ためらいは許されない。敵は倒さねば、こちらがやられる。人型魔物なんぞ数えきれないほど、倒しまくったからな。

テロリストなどに容赦するつもりはまったくなかった。俺はそういう訓練を徹底的に受けてきた人間なのだ。自衛隊をやめたいと思うくらいに。

俺は機関銃を仕舞うと、へたりこんでいる二人のところに行って、縄を解いてやりながら言った。

「おまえら。間抜けに捕まっているんじゃないよ。みんな、どれだけ心配したと思っているんだ」

俺は淳を睨みながら言った。まあ元はといえば、俺のせいなんだけどさ。

「えー、だって兄ちゃん。なんか、まわりにわらわら変なやつらが集まってきたかと思ったら、いきなり猿轡《さるぐつわ》かまされて、連れていかれちゃったんだ」

弟が縄を解かれながら、しょぼしょぼと言いわけした。

「お兄さん、酷いですよ〜！　死んだかと思ったじゃないですか〜」

美希ちゃんが半泣きで、文句を垂れた。

「まったく〜。しかし、無事でよかったよ」

そして、そのあとに堂々と警察を呼んだ。

「ここに倒れている外国人たちが機関銃を持って暴れていました。火もつけて狂ったかのように何かわけのわからないことを叫んでいました。某国マフィアの抗争かなにかでしょうか。この遊園地にも仲間がいるって言っていましたよ。俺があいつらの言葉をかたことだけどわかるなんて知らなかったようですが」

駆けつけてきた警官たちに、俺はいけしゃあしゃあと言いきった。ここにカメラがないのは知っていた。だから、ここに連れてこられたのだ。

俺が大暴れするのを見ていた人質だった二人は呆れてそれを眺めていたが。

家族には警察から連絡がいったようだ。

俺は今のところ、推定無罪だ。へたすると、あいつらはすでに監視を受けていたのではないかと思うし。だが悪党とはいえ、三十人ほど殺《や》ってしまったしな。俺の中では、あいつら完全に魔物枠に入っているんだが。

しかし、完全な銃刀法違反だしなあ。硝煙反応っていつまで残るんだろうか。自衛隊では習わなかった。問題になったら刑務所行きか、へたするともっと酷いことになるかもしれない。いざとなったら、異世界へ逃亡を試みるか。

まあ、やらなきゃ、こっちがやられていたんだから仕方がない。

あとで、警察から三人呼ばれて宣告された。

「今回のことはいっさい口外しないように。特に、お兄さんが困ったことになりますよ?」

これはまた、ドスを利かせてくれるじゃないか。だから警察って嫌いなんだが。しかし、もうバレているのか。さては、アメリカの監視がついていたな。さもなきゃ、バレてるのに、無罪放免なわけがない。面倒なことになりそうだ。

昨日のあいつらは、多分某国の黒社会、つまり暴力団の連中じゃないかと思う。日本の暴力団に入りこんだ某国人の組員とかじゃないだろう。某国人だけでまとまっていたからな。明らかに、某国ふうの匂いをプンプンさせていた。

やつらは兵隊じゃない。あまりにも手ごたえがなさすぎた。自動小銃一丁、持っていなかった。兵隊や工作員なら、さすがにあそこまで反撃できずに終わることはないだろう。俺はへなちょこ拳銃の弾を何発か食らっただけだ。

俺だって、別に戦闘のプロじゃないのだ。ただの〝レンジャー徽章持ちの元土木自衛官〟だ。広報や会計の人にだってレンジャー徽章持ちはいる。まあ、そのへんのヤクザなんかよりはマシだが。

いったい、どうなっているんだろうな。明日はアメリカに事情聴取されるだろう。昨日俺が暴れたのは、アメリカにはもうバレているんだろうから、どうなるかな。

どっちにしろ、向こうの世界のやつらの不利になることは、進んではやりたくない。

6　朝から一波乱

月曜日に、俺は開きなおって会社に出勤した。朝飯食って、愛車のワンボックスに乗りこみ、県道63号を北上して、五条川を越える。いつもの出勤風景だ。

名神高速と二つの国道155号線を越えると、いっきに車は減る。そこから先は第21ダンジョンしかないからだ。そこから一キロもいかないうちに、見慣れたダンジョンの風景になる。

日本に現われたのは、皆こういう地下ダンジョンだ。地下とはいいつつ、表層の大地までを蝕《むしば》み、不毛の岩山のように変えてしまう。ここも、以前は普通の町並みだった。

この道は俺と同じ自衛隊施設科の連中が、緊急の任務で汗水垂らして作ったものだ。ダンジョンの入り口の封鎖が目的だったが、今はダンジョン侵攻中の米軍関係が活用している。

自衛隊は外の警備ばかりだ。美味《おい》しい思いは米軍兵士とアメリカ合衆国がすべて持っていく。ダンジョンに関わる経費もすべて、日本負担だ。国民の血税から、大枚が払われている。

〝アメリカさん、ダンジョンに来て〟なんて、誰もひとことも言っていないんだけど。こんなの昔からの慣わしだから、なんとも思わないけどね。日本は完全な独立国家じゃない。

日米関係は完全な主従関係だ。だが、俺は会社の業務以外でアメリカに従う義務はない。

「おはようございます」

事務所ではなく、現場のほうに元気に挨拶して出勤する。なんと米軍の車両が二台も止まっていて、銃を持った兵士が数人立っている。日米協定違反だ。ここは米軍基地ではない。アメリカの主権はいっさい及ばない。ダンジョン問題で、日本領土であることを日米間で、書類を持って明確にした場所だ。向こうの大統領のサインもある。

本来、用もないのにダンジョン攻略部隊のアメリカ軍が活動していいことにはなっていない。日本国民の反発を抑えるために、地上駐屯地の兵士は、ゲートの警備以外では通常武装していないはずなのだが。

『おまえがスズキか？　一緒に来てもらおう』

兵士の一人が写真を見ながら、そんなことを言ってくる。

『ものものしいな。なんのつもりだ？』

『うるさい！　一緒にくればいいんだ』

「あ、おはようございます。朝からなにごとですか？」

小山田さんが現われたので、そっちへ挨拶した。

「わからん。何を言っても聞いてくれんので困っているよ」

『おまえらなんかに、俺を連行する権限はないぞ。ここは日本で、おまえらはただの外国人だ』

『やかましい。おまえを連れて来いとの命令だ』

『おまえらの国じゃ、何かあったら弁護士を通すんじゃなかったのか？』

兵士は、俺に銃を突きつけて、こづいた。そんなことは怖くもなんともないね。

俺は軽く銃を引っ張ってやった……つもりだったのだが、あっさり取り上げることができてしまって意外だった。

俺は、さらっと細かく分解して、部品を広範囲にバラまいてやった。

『おい外人。さっさと拾わないと、始末書だぞ』

俺は一個一個、部品を足で蹴り飛ばしながら、親切に言ってやる。部品がやけによく飛ぶなあ。軽く蹴っただけなのに、そこそこ大きな部品が、跳ね飛びながら二十メートルほど転がる。

『おい、そっちのやつも。何か言いたいこととかあるのなら、弁護士を通して言え。おまえらの行動はすべて記録されている。恒例の日米協議において資料として活用されるから、そのつもりでいろ。俺が元自衛官なのを忘れるなよ』

足の裏にある、小さなスプリングをぐりぐりと踏み潰しながら、はったりをかます。

小山田さんが、苦笑しながら告げる。

『あなたがたがあまりに乱暴すぎるから、うちの社員も怒っているじゃないか。アメリカはいまだにこの国の支配者気取りなのかもしれないが、そんな狼藉はもう通用しないよ。あまり問題を起こすと、ダンジョンから追い出されても仕方がない。うちだって、それは望まない。

ダンジョンは日本の領土であり、米軍基地でも米国の領土でもない。あなたがたは、ただのお客さんの外国人だ。無法をすれば、日本政府より逮捕もしくは国外退去処分が言いわたされる。この場所で銃を所持しているのは、明らかに日米協定違反だ。日本政府を通じて、米国大使館に抗議する』

だが、その兵士は歯を剝いて唸り、小山田課長につかみかかった。そして、米軍兵士六人全員が見事に気絶させられて、全員お縄をちょうだいする羽目になった。この小山田さんに近接を挑むなんて、馬鹿なのか。素手なら、特戦のやつらが三十人がかりで束になってもかなわないのに。

警察が呼ばれ、全員に手錠がかかり、連れていかれた。武器類もすべて押収された。通常なら米軍の武器に手を出したりはできないのだが、明らかな違反行為であったためだ。ここは沖縄じゃない。本土ダンジョン系の新興駐屯地には、米軍に対する敬意とか、畏怖とかはまったく存在しない。

特別面倒を起こすやっかいものの外国人ということで、すぐ留置所行きだ。地元の偉いさんとかとの調整がまったくできていないのに、悪さばっかりするものだから、すっかり嫌われ者だ。そんなやつばっかりではないんだがな。俺は結構米軍のやつらとは仲がいい。気質的に、日本人よりもあいつらのほうが付き合いやすい面もある。

なぜ米軍は、ああも兵士を統制できないのだろうか。初期に発生したあれらの事件以来、基本的に、ここの警察は米軍を目の敵にしている。もうこれは完全に米軍が悪い。

自国の国策のために外国に来ているのに、自分の欲望にまっしぐらなやつがいっぱいいて驚いた。米軍サイドも、それを良しとしているわけではないのだが、アメリカ本国の政治家は何も考えていない。

不祥事を起こして本土送還になる兵士の数は、ダンジョン誕生以前の二十倍以上にものぼる。在日米軍司令官が完全に頭を抱えている。野党やマスコミが連日声高に叫びまくって、与党の政治家も渋い顔だ。

ダンジョン関係のために急遽募集に応じてきた、あまり質のよくない連中も多い。多すぎる。せめてちゃんとした本土の州兵とかを寄越せよ。

予算審議は難航し、ダンジョン関係の予算がもう出せないかもしれないと、アメリカ政府には通告されているが、回答はいっさいない。そのうち、いつぞやの沖縄みたいに兵隊に外出禁止令が出そうだが、それをやると駐屯地が凄いことになってしまう。やりたくてもやれないんだろう。合掌。

米軍基地には警察から連絡がいくだろう。何を考えているんだろうな。あいつらは怪しい。へたすると、某国に金で雇われた連中だとか。あるいは米軍兵士ですらないかもしれない。

このあたりの米軍兵士で〝オヤマダ〟を知らないやつがいるはずないのだが。

それもあって、米軍のやつらはよくしてくれている部分もあるんだ。彼らにとって強さとは、純粋な尊敬対象としての意味を持つ。

彼の部下という立場もあったし、俺自身がかつてレンジャー徽章をつけていたことも影響したかもしれない。だがあの経験は、誇りを与えてくれると共に俺の自衛隊退職を早めた原因ともなった。

最近は三曹に上がるのも厳しいみたいだ。そんな中で、任期制隊員の陸士長である身で、レンジャーに推薦で送り出してくれた。そんな自分が誇らしくてがんばった。施設科の俺が帰還式でレンジャー徽章を首にかけてもらった。思わず涙したよ。

だが、何かが違うような気がしたんだ。それでやめた。レンジャー訓練の相棒《バディ》だった青山はいまだ現役の自衛官だ。今でも付き合いがある。彼は俺が辞めたいと言った時、何も言わずに肩を組んで飲み明かしてくれた。あらかじめ外泊許可まで取ってくれていた。不思議なやつだ。

7 交渉

地上の米軍の第21ダンジョン代表駐屯地に連絡が行き、担当者がわざわざやってきた。ジョンソンという名の四十五歳くらいに見える精悍な大佐さんだった。この第21ダンジョンの米軍は三個大隊からなる旅団である。

三本指に入る大きいダンジョンなので、二千人と人数的には旅団とはいいがたいが、旅団として扱われるため責任者の階級は高い。トップ自らのご登場だ。

『どうも大変申しわけなかった。完全な行き違いだ。事情をおうかがいしたいので、丁重にお迎えせよという話だったのですが、なぜこんなことになってしまうものやら。われわれも頭を痛めております。彼らはまだ来たばかりで、教育も行き届いているとは言えなくて。お詫びいたします』

なんか、ダンジョンに来るやつらは、割とちゃんとしてないというかいろいろあれなところもあるらしい。正規兵というか、よく訓練された兵士は重要な場所に配置されているので、変なのがまわってくるんだそうだ。教育の行き届いていない新兵も多い。もともと在日米軍自体が、そういう雰囲気があるのだ。ヨーロッパとかに質の高い兵士を配置するので、日本には問題を起こすような質の悪い兵士が多いという話は聞いたことがある。

ダンジョン組は、そこからさらに二段階から三段階は質が大幅に落ちているらしい。しかし、酷いな。自衛隊の質の高さが凄いのか？　単に日本人自体が、基本的に問題を起こさないというだけの話なのだが。

俺が付き合っていた米兵連中は皆気がよくて、酔っ払っても問題を起こすようなことは一度もなかったのだが。まあ、友達はちゃんと選んでいたけどね。母親の言いつけだったから。

第21ダンジョンの米軍地上管理事務所となる代表駐屯地――〈Garrison 21〉。通称〝ブラックジャック〟と呼ばれている。

俺はそこへの同行を求められた。小山田課長と、会社の顧問弁護士と一緒に、用意されたアメリカ車の高級セダンの後部座席にお邪魔した。

『ははは。てっきり、某国工作兵が襲撃してきたのかと思いましたよ。ただの不良兵士だったとは』

『土曜日の件ですか?』

軽く振り向きながら、鋭い目つきで、ジョンソン大佐がさらっと言い放った。

『おや、ご存じで』

『それも含めてお話をうかがいたいのですよ』

やれやれ、それヤバイ話もあるんだよなあ。まあ、こうなっちゃ仕方がないが。話のわかるやつが出てくれるといいんだが。

「なんの話だ?」

眉を曇らせた小山田課長が聞き咎めた。

「土曜日に、うちの弟とその彼女が誘拐されました。それで俺も連れていかれそうになってしまいまして。外国系黒社会の人間ふうでしたが、命じたのは間違いなく東南アジアの某国政府筋でしょう」

「それで、どうした」

少し顔色を変えた課長が、真剣な声で尋ねた。

「軽機関銃で敵を殲滅《せんめつ》したあと、人質は救出しました。そのあとは知りません。どこかの国のマフィア同士の抗争という話をでっちあげておきましたが、警察にはそんな言いわけは通用していないようです。アメリカが手をまわしてくれているようですが、味方とはかぎりません。

俺は一介の民間人にすぎません。あと、遊園地の従業員に協力者がいたようだったので、それも通報しておきました。戦闘の都合で、遊園地に派手にガソリンぶちまいて火を放ちました。おかげで、まだ生きておりますが」

課長がまた頭を抱えた。

「その銃は、どこから手に入れた？」

「あとで説明しますよ」

そこまでの会話で、目的地に到着した。歩いたって行けるくらいの距離だ。

俺たちは、応接間ではなく会議室に通された。

「ようこそ、〈Garrison 21〉へ。ミスタ・スズキ、ミスタ・オヤマダ。どうぞ、おかけください」

流暢《りゅうちょう》な日本語を話す、初老のごつい軍服を着た男性が議長のようだ。ダークブラウンの髪に白いものが混じっている。威圧的なところはない。交渉したいということなんだろうな。目は濃い目のブルーで、割と理知的な光を湛えているようだ。今朝の兵隊のようなことはあるまい。

「朝は、うちの兵士が大変失礼をしたようで、実に申しわけがなかった。改めてお詫びしましょう。あの馬鹿どもについては、明日にも、全員本国へ強制送還の対応となりますので、今後ご迷惑をおかけすることはないでしょう。

わたしはこの問題、ああ、ダンジョン関係ですね、その解決のために、本国から来ている、日本ダンジョン探索統括部の部長を務めるエバートソンです。階級は陸軍中将、二万人以上の軍を指揮する階級です。つまり日本におけるダンジョン探索関係の総責任者です」

大物が出てきちゃったな。今日の議題がなんとなくわかるぜ。俺は、自分の顔が自然に渋くなっていくのを感じていた。小山田課長も同様だろう。

席には2512駐屯所のロバート中尉も来ていた。彼は笑顔で挨拶してくれたので、俺も同じく返しておいた。あと、ここの責任者のジョンソン大佐と書記の女性を含めて七名の会合だ。

「まず、率直におうかがいしたい。ミスタ・スズキ、あなたは異世界へ行かれたのですか？」

「ノーと言っても、信じてくれないんでしょう？」

俺は、軽く頭を右に引くような感じで、値踏みするようないたずらっぽい目つきで訊いてみる。もちろん笑顔で。裏が取れてないのに、こんな大物が出てくるわけがない。

もしかすると、いい取引ができるかもしれない。だが、それは向こうさんの考えしだいだな。

「もちろんです。でなければ、わたしがここにいる理由がない」

ですよねー。まだ課長にだって、向こうの件はろくに話していないんだが。

「まず、どうやって向こうへ？」

「その前に、情報の対価をいただきたい」

「ふむ。対価というと？」

「現物支給で。武器兵器が欲しいのです。戦闘車両も含めた」

「それはなぜ？」

「わたしは、行けたら、またあちらの世界に行きたいと思っております。そのさいに強力な兵器は持っていきたいので。魔物と戦うこともあるでしょうから」

「何が欲しいのですか？」

「戦車を含む戦闘車両や砲を。M1エイブラムス戦車、戦闘ヘリ、攻撃ヘリ、装甲車、装甲警戒車、水陸両用車、ホバークラフト、120ミリ迫撃砲、対戦車誘導ミサイル各種、歩兵携行の対空ミサイル、自走砲、榴弾砲、対空機関砲、対空ミサイル車両、大型対地ミサイル車両、携行用の連装ロケット砲など。30ミリガトリング砲、20ミリバルカン砲などの機関砲、できればバルカンファランクスのようなシステムを搭載した車両も欲しい。M134ミニガンなどの特殊な機関銃や、携行用の機関銃・ライフル・ショットガン・サブマシンガン・ハンドガン・特殊銃などの銃器全般。20ミリ対物ライフルがあれば、ぜひ欲しいです。12・7ミリ対空ライフルもあれば。なければ本土から取り寄せてでも欲しい。あとは爆薬類各種。強力な魔物と出会ったさいに確実に倒せるものを」

「おまえはいったい何と戦争するつもりなんだ？」

小山田課長は呆れたような顔で言った。

「きみがそんなものを欲しがるというのも、またひとつの情報ではあるかな？　だが、きみがテロリストにならないという保障がないな」

エバートソン中将はおもしろそうにいった。

「わたしがテロリストになるつもりなら、そんなものはいりませんよ。魔物ではなく、かよわい無辜《むこ》の民を撃つのに、こんな重火器類は不要ですから。代金が安すぎましたか？」

こちらも抜け抜けと言っておく。

「はっはっは。そうだな、それは情報しだいだ。あと、前払いをひとつしておいた。もう連中はきみに手を出せないだろう」

エバートソン中将は口の端を上げて、ニヤリと笑った。

「そう来られちゃ仕方がないですね。とりあえず、ここにある銃火器を全種類弾薬こみでください。そして、その所持並びに使用の許可を」

「まあ、そのくらいなら、とりあえずわたしの権限で。おい」

書記の女性が、誰かを呼びに行った。

8 熱病

「まったく、何を言い出すかと思えば。何を考えているんだ?」

課長が呆れたような顔で、俺を睨んだ。

「また正《まさ》さんの店に飲みに行きたいので。買い物も頼まれていたし。あっちへ行くんなら、いい武器は欲しいです」

「あのう、恐縮ですが、米軍が銃の所持を認めても、日本政府は認めてくれないのでは」

弁護士さんは、恐る恐る口を挟んできた。

「ああ、いいです、いいです。どの道、この地球じゃ使わないので。わたしを身体検査しても、家を家捜ししても、銃なんて出てこないですよ。弁護士さんには、行方不明になった当時に、納品を予定していた物品についての交渉の件で来ていただいていますので」

二人は、それを聞いて微妙な顔をしていた。

「エバートソン中将、今回来たメインの話は、わたしが引き渡し損ねたトレーラーの件なのですが」

「ああ、あれはもういい。受け取る部署すら全滅していたものだ。不問としよう。われわれは、もっと大きな話がしたい」

「では、その旨《むね》は書類でお願いします」

早速、弁護士さんがいそいそと仕事を始めた。

女性が六名ほど連れて戻ってきた。いろいろ持ってきてくれたらしい。

「そうだな、まずこの20ミリ対物ライフル。さすがに手持ちでは撃てないが。マニュアルはついているよ」

背中に背負えるようになっているケースに入った、そいつを持ちあげてみた。重ってえ！　と思いきや、案外軽いな。

ひょいひょいと両手の中でポンポン放っていると、持ってきてくれた兵士がえらく驚いていた。中将がじっと俺を見ていた。なんだ？　まあいいや。足元に置く。そして、次だ。

「これは50口径のデザートイーグル。そして同じくS&Wの50口径リボルバーM500

だ。グリズリーを射殺できるという触れこみのハンドガンだ。どうだ。スズキ、こういうのが欲しかったんだろう?」

楽しそうだな。さすがは、ジェネラル。すべてお見通しだぜ。俺は現銃を確認する。デザートイーグルは前にも撃ったことあるけれど、こんなに軽かったかな? まるでオモチャだ。

ほかにグロックやSIG、S&W、ベレッタなどの9ミリオートのハンドガンをもらった。なぜかS&Wの44マグナムリボルバーもあった。ここの連中って、結構趣味丸出しのやつが多いんだよ。前にカウボーイスタイルで、ピースメーカーの二丁拳銃ぶらさげて、見せびらかしていたやつがいたっけな。

あとオートのショットガンにH&KのMP5。狙撃銃が五種類くらい。単発のボルトアクションも含めて7・62ミリが主力だが、一丁は、なんと単発ボルトアクションの12・7ミリだった。存在するのは知っていたが、まさか米軍が通常の装備で持っているとは思わなかった。何があっても、どうしても仕留めるための一丁なのが理解できた。狙撃銃には絶対に向かないはずのこいつを、あえて採用する国家の非情。射手を犠牲にしてでも、やりぬかないといけない任務か~。一発撃てば、居所を察知されてすぐに倒される、命と引き換えの狙撃銃。わざわざダンジョン用に配備したわけではあるまい。

それを知って、なお任務に向かうスペシャリストの兵士。

その対価は――〝残された家族への手紙〟。そして、それを書いて自ら届けに行く上官の姿だ。

仮にも一国の軍隊相応の組織に身を置いたことがある人間としてはいろいろ考えてしまうな。

しばらく、それを持って感慨に耽った。ハッと気がつくと、俺のその態度を見て満足そうにする米軍の面々。やだな、これって性格診断テストだったのか？　油断も隙もない。

「それでは、話してもらおうか。きみがどうやって異世界へ行ったのか、その方法を」

「その前に、少し訊いてもいいですか？　米軍はなぜ異世界のことを知っているんです？　向こうへ行って帰ってきた人が前にもいたんじゃないかとしか思えないのですが。あと、あんなにダンジョンの中を侵攻しているのは、そうしていけば異世界に出られるからなのですか？」

「うむ。それなんだが、ダンジョンに潜った米軍兵士の中に、ある奇妙な病気が流行《はや》っていてな」

「へ～、どんな？」

俺は神妙な様子で訊いた。もしかすると、やばいウイルスかも。そういや、俺って検疫されてないや。大丈夫かな～。

「夢をみるのだ。それも……異世界における冒険の物語を」

「あはは。バロウズの〈火星〉シリーズですか？　夢があっていいですね、米軍」

「われわれも、当初はそう思っていた。だが、奇妙なのだ。皆が皆、同じような世界を見て、その描写があまりにもリアルで。司令部を悩ませたよ」

ジョンソン大佐も笑って頷いた。彼も日本語は理解できるようだ。

「そして、彼らが一様に、熱に浮かれたように言うのだ。奥へ、もっと奥へ、と。まるでそうすれば、彼らが渇望する異世界へ行けるかのごとくに。ほかにも、ダンジョンの中で忽然《こつぜん》と消えうせた者たちの存在がある」

うっわあ。なんなの、それ。わけわからないなあ。

「そして、アメリカ首脳は、われわれを奥へと進軍させることを決意した。道を舗装し、奥へとキャンプを進め。そんな機運の時に、折しもきみの失踪だ。元自衛官のきみは救難信号を発し、冷静に対応し、そして……消えた。異世界へ。

このダンジョンにも詳しく、軍隊経験もある人間が、武器を運搬中に魔物に追われ、迎撃態勢を整えた前線基地を目前に、突如として跡形もなく消えうせた。センサーやカメラのデータがそう示していた。ほかにも消えた人間は大勢いる。だが、きみは帰ってきた、世界でたった一人。きみだけが世紀の謎の鍵を握っている。アメリカならずともほかの外国勢力もそう結論づけた。その結果のひとつが、土曜日の事件だ。もう事態は大きく動いてしまっているのだよ。

某国も本当ならもっと違う手段を選びたかっただろう。だが時間がなかった。月曜日には、きみはこうしてわたしと会談することになるのだから。仕方なくあのような手に出た。焦って、そして失敗した。某国に次はない。それが現状分析といったところだね」

あいたたた。そこまでいっていたのかよ。つまり、あれだな。きみはもはやアメリカに協力する他はないのだぞ、と言いたいわけですね。今のこれって最高責任者からの最後通牒でしたか。

ちらっと小山田課長の顔色をうかがったが、蒼白だった。

9　魂の青

　そう来ましたか。じゃ、これから俺の実力を見せてやろうかな。米軍最強の機甲部隊対、元（土木）自衛官のエキシビションってのはどうだい？

　まったく負ける気がしねえな。

「じゃあ、ちょっとわたしの弓の腕前を見てくれませんか？」

「弓？」

　エバートソン中将は不思議そうな顔をした。

　小山田課長も、おまえはこんな時に何を言っているんだ？　という顔で、こっちを見た。

「見せてもらおう」

　中将は、どっしりと答える。話を急がせるつもりはないようだ。俺はすでに蜘蛛の巣にかかり、糸でぐるぐる巻きにされた、哀れな獲物にすぎないのだから。

俺たちは外に出た。俺は何もない迷宮が作り出した荒野に、それをドンっと出した。そう、異世界で収集した、高さ十メートルものでっかい岩を。いきなり出現したそれに驚く一同。そして、向こうで愛用していた弓をさっと取り出した。俺はそれを構え、最大級のアローブーストをかけていった。

最初にほのかに青白く、ほうっと光る矢。そして、それは徐々に輝きを増し、光り輝いていった。そして、燃え上がるような爆発的なプロミネンス。見る者の心を奪い尽くし、共に燃焼することでさらに燃え上がっていくような、魂の青。奪え、燃えろ。そして昇華の炎、俺の命。

イグニッション！　矢は俺の三日月のように撓《しな》った弓から放たれて、唸りを上げて、光り輝く有線誘導弾と化した。心の昂ぶりに任せて、その青をもっと耀《かがや》かせ、俺の思いのまま大きく弧を描き、宙を駆けめぐる。

まるで空中で獲物を捕らえようとする空対空ミサイルのように弾け飛び、くるくると見えない標的を探し求め、やがて〝見つけたぞ〟とでもいうように、地上目標に狙いをつけた。

空気を螺旋にねじ上げて、青い軌跡を太く鮮やかにたなびかせ、一直線に吸いこまれていく。そして、直径十メートルに達する目標の大岩を、大音響と共に爆砕した。

捲《ま》き起こった噴煙が消え去ったあとには、ダンジョン表層の岩地に刻まれた、直径三十メートルの巨大なクレーターが残っただけだった。全員、それを呆然と見据え、言葉もない。

「いかがでしたでしょうか、わたしの支援魔法、アローブーストは。こんなものは、異世界では幼稚園児しか使いません。だって、こんなものは攻撃魔法じゃない、ただの支援魔法ですから。

わたし、残念ながら攻撃魔法は使えないのですよ。現地の本物の戦士はもっと、こう、ね。わかるでしょう？」

一同、さらに言葉もないようだ。

「異世界では三つの子供でさえ、重戦車や超音速戦闘機を一撃で粉砕します。いかにアメリカが世界最強といえども、彼らには敵いませんよ。アメリカがやりたければ、勝手にやりあえばいい。

我が国日本は参加しません。あっさりと全滅しますけどね。俺たち自衛隊なんか、所詮入り口の警備係ですからね。

楽しかったですよ、ダンジョンの入り口警備」

俺たちにダンジョン警備をさせていた大将相手に（あ、階級は中将だった）言ってやったぜ、ざまあ。まあ、もらう物はもらったし、帰るとするかな。

「では、みなさん、ごきげんよう」

「待ちたまえ。なんで日本人っていうのは、そうせっかちなんだ。つまりきみは、われわれに戦争ではなくビジネスを勧めたいというわけだな？」

「いえ、別に。俺は仕事がありますので、そろそろ失礼しますね」

「ああ、待て待て」

『ジョンソン大佐！　とりあえず、手に入るだけの戦闘車両や重火器を持ってきたまえ。今すぐに！』

『は？』

『聞こえなかったのかね！　今・すぐ・に、だ』

『は、はっ。ただいま！』

ジョンソン大佐は、敬礼と共にカツーンっと踵を鳴らし、駆け足で去っていった。ロバート中尉も駆けていった。

「エバートソン中将閣下。わたし、あと欲しいものが……」

こうして俺は異世界向けに欲しい物資を、おおむね無料で手にいれることができた。

まあ、これだけ釘を刺しておけば、今すぐ向こうの連中にちょっかいをかけに行くムードにはならんだろう。これならいいかもしれないな。じゃあ、ちょこっとだけ商売するか。

その後、異世界からの持ちこみ品の買い取りは、〝現金交渉のみ〟で。さらに、日本政府に対しても〝免税措置〟を強引に押し通してもらった。もう、やりたい放題である。そのうちバチが当たりそうだ。

アメリカはありとあらゆるものを、買い取ってくれた。あの異世界でも不人気なガラクタが一個一億円だぜ？　ありえねえ異世界バブルだ。

ディーラーでの車の交渉みたいに、ライバルとの比較をしてやったら、金に糸目はつけなくなった。

「某国なら、いくらで買ってくれるかな」

俺の図々しさに、むしろ感心してくれたようだ。

とりあえず総額で八百億円にもなった。今だけ価格だな、これ。

金の匂いを嗅ぎつけて、妹がもううるさいんで、少しまとまった小遣いは出してやったが。礼も言いやがらねえ。ご機嫌で、そそくさと買い物に行きやがった。

弟なんか、ちょろっと二、三千円やっただけでも、「兄ちゃん、ありがとう〜」って、凄くいい反応なのに。困ったもんだ。まったく、いつからあんな子になったものやら。妹だって、小さいころは、それはもう本当に可愛かったのに。

　父には、仕事で使う高級鞄を贈った。高級品ではあるが、嫌味のない品のいいものだ。落ち着いて見え、歳なりの風格の出てきた父にはぴったりだ。俺も歳を食ったら、こういう品《しな》が似合う男になりたいものだ。父は嬉しそうに、「ありがとう」と言ってくれた。

　母には、前から欲しがっていた超高級ミシンを贈った。すごい性能のやつだ。昔から、俺たちのためにいろいろ作ってくれたもんだ。ネットからのデータ入力とか、ソフトとか扱いづらいと思うから、弟に面倒みるように言っておいた。こういうものは、あの子の管轄だ。

　弟には、欲しがっていた自転車を買ってやった。イタリア製の超高級マウンテンバイクだ。

　いちおうは、俺の家族の安全は確保したし、俺も金はできた。アメリカも異世界制圧は、いったん置くことにしたらしい。ただ、アメリカは、あの世界へ行くことに執着した。

　チっ。やっぱ、誤魔化せてないか。俺の性格も分析されていそうだ。俺が、あの世界を守ろうとしていることもバレバレなのかもしれない。やれやれだぜ。

10　仲間たち

名鉄瀬戸線守山自衛隊前から栄町駅まで十二分。栄町駅からの最終は午前零時ぴったり。門限を守るつもりなら、余裕すぎる。そう悪い立地の駐屯地じゃないと思う。ほかに地下鉄名城線まで、ガイドウェイバスの〝ゆとりーとライン〟からも行ける便利さだ。

今日は、久しぶりに昔の仲間と会うことにしたのだ。

例の武勇伝は、自衛隊の連中にも伝わって、〝奢れ〟という話になった。

第21ダンジョン警備の連中とは顔を合わせるし、向こうも俺が元自衛官なのは知っているが、もともとの顔見知りでもない。そう親しくはしていなかった。

ダンジョン警備は、基本的にダンジョンのない地域の隊員が交代で出張して行なっている。俺は退官まぎわだったし、レンジャー徽章をつけていた関係もあって、専任でやっていた。

地元の隊員たちは、それなりの課業があるので、たまに応援のローテーションを組むくらいだ。理由はある。地元の隊員は、日本国民を守る本来の任務につくからだ。

それと地元の駐屯地が主力で警備をやっていると、万が一の場合に魔物の掃討作戦が行なえないためだ。

特に大量のダンジョンを抱えてしまっている県などは、警備するにも、掃討が必要になった時にも、大量の応援をもらわないと対応が難しい。駐屯地自体が数も少なくて小さいのに、ダンジョンが湧《わ》きまくっている県などは相当キツイ。

応援を出すために人員が抜けて、どこも皆大変だが、文句を言う人はあまりいない。自衛隊は熱い人も多い。こういう時だからこそ、歯を食いしばってがんばるという気風はある。ダンジョン問題は長期化しそうなので、国も陸自隊員の募集枠を増やしてくれている。

幸いなことに自衛隊は仕事として人気が高く、常に倍率も高いため、人員の補充自体は難しくない。だが半年の訓練をへて、やっと新隊員として配属なのだから、すぐにはものにならない。そこからも半年は部隊での教育がある。

一番の問題は予算だ。幕僚たちも言う。予算が尽きたら、自衛隊は戦えないと。

だが、国民から「自衛隊を増やせ」と言ってきているので、予算はあっさりと下りた。もともと予算定員に対して一割近く少なかったのだ。

国会で野党議員がそのへんに激しくイチャモンをつけていたが、与党はおろかほかの野党議員からもボロっかすにやられて、自分のネット関係のほうがさらに激しく爆発炎上していた。テレビでも報道されまくって、そいつは結局辞任した。まだ大量の避難民がいる時なのに馬鹿だね。

俺も辞めるという話がダンジョン事件の起きる前から決まっていたのでなければ、あの時辞められなかったかもしれない。

特別精悍な素質のある者をレンジャー徽章付きにまで育てる労力は、最低でもほぼ二任期分はかかる。一任期分の時間でレンジャー徽章をつけている化け物とかもいるが、それは空挺などにいるような特別なやつだ。

今は精鋭が欲しい時なのだ。だが、もう書類が提出されて、処理されていた。もしそれでも引きとめられていたら、俺も自衛隊に残ったかもしれない。

そんなこんなで、今日は昔馴染みの連中と飲むことにした。

「おーっす」

そんなふうに声をかけてきたのは、山崎真吾《しんご》だ。こいつとは駅で待ち合わせをしていた。こいつだけは、自衛隊を辞めたあとも頻繁に会っていた。辞めてから豊川のやつらでよく会っていたのは、俺のレンジャー訓練の相棒《バディ》だった青山武志《たけし》くらいだ。

俺より一個年上だけど、ずっと山崎って呼び捨てだ。学校じゃないからな。やつとは、初めて会ってすぐに仲よくなった。そういうやつっているもんだ。正《まさ》さんの店で知り合ったのだ。むしろ、豊川のやつじゃないから、普通に付き合いが残ったともいえる。

「元気そうだな」

久しぶりに会った悪友に、俺もごく自然に笑みを浮かべた。こいつには相手をそうさせるような雰囲気がある。

「こっちは相変わらずだよ。異世界の風俗どうだった？」

ちょっと癖毛の短髪をいじくりかえしながら、山崎が聞いてきた。

うん。愛知県でその名のごとくもっとも栄えた繁華街（多数の風俗店こみ）、栄から近い立地の場所にいる若い男なのだから、だいたいお祭しということで。俺？　男の友情は、下ネタで育むものさ。幸い俺は地元の駐屯地勤務だ。そのへんの地理も明るいといえなくもない。

地元で勤務したいという希望は、出しても通るとはかぎらない。たまたまだ。体力馬鹿で、訓練はガンガンやったし、小テストも要領よくこなした。整理整頓は遵守し、規則はキチっと守っていたので、班長からは気にいられていた。班長の評価は大きく影響する。

それでも、班長だって人間だ。どんなにきちんとやっていても、気にいらない場合だってある。俺は教育期間で、当たりの班長を引いたんだ。俺の地元勤務の希望は無事に通った。

「そんなところへ行っている余裕なんてなかったぜ。ダンジョン攻略一直線さ。おまえも今度行く？ 任務で」

「ダーっ、仕事じゃ行きたくね〜。命がいくつあっても、たりねーよ」

「ああ、マジで、ヤバかったよ。でも、女の子は可愛かったぜえ？ ああ、アニーさんの狐耳！」

「くっそ、まじかよ。連れていけ！」

「好きに行き来できるくらいなら、会社やめてマジで毎日通うわ」

「でも、おまえって、大金入っても会社はやめねえのな」

「今の会社は小山田さんがいるからなあ。それに、まだきな臭い話は続きそうだし。目立たずに地味に生きることにしている」

「相変わらず、ショボイな」

「うるへー」

久々にくだらんやり取りをして、栄の街をぶらぶらする。もしかすると、こんなところもロシアだの中国だの某国だのに監視されているのかもしれないが、知ったことじゃない。

栄なんか出てきたのなんか久しぶりだ。待ち合わせをした、守山駐屯地から直行の名鉄瀬戸線の駅はオアシス21の隣だったので、そこからなんとなくセントラルパークを北のテレビ塔に向かって、またただらだらと歩いていく。

なにせ、日ごろ規律正しい自衛隊暮らしだ。外へ行くと、ついだらだらする。外出の時も仲間と出かけると、気がつくとつい習慣で軍隊のように行進しているやつらもいるが、俺たちはいつもだらだらを楽しんでいた。自衛隊には当直任務がある。即応性が求められるからな。

休日でも、引きこもりになる場合はある。うちはまだいい。演習の多い方面のやつらは、土日もたくさん潰れて、消化できない代休ばかりが溜まっていく。俺たちはそうじゃないので、出かけられる時は、なるべくだらだらを楽しんでいた。

自衛隊は公務員だから、六時起床で十七時には予定どおりにキチっと終了する。終わらねばならない。それができないなら、実戦では死人の山だ。

だが、書類を書いて外出許可を取ったやつ以外は、ずっと駐屯地内にいるんで公私の区別はつきづらい。自衛隊は宴会も多いし、しょっちゅう遊びに行っていたら金も持たない。

非常呼集がかかれば、出動なんだし。夜中に大雨が降って、市町村から出動要請がかかったなんてこともあった。地震だって、いつ来るかわからない。

人間だらだらする時も必要なんだよ、とか言いわけしながら、だらけていた。不良隊員であった。課業はしっかりやったし、門限は必ず守った。でないと長期外出禁止が待っていたりする。連帯責任があるので、ほかのやつから怨まれるし。

山崎は今も不良隊員なので、今日もこうやって俺とだらだらしている。

なんとなくダベりながら、北方のテレビ塔まで行って折り返し、またたらだらと南へ向かっていく。

「なんで人は塔をめざしてしまうんだろうな」

「さあ、だけどここの塔には飲めるところがないな」

名古屋駅のＪＲタワーなら、真っ昼間からいくらでも飲み放題なんだが。

11　敵地で宴会

まだ昼なので、飲めるところはかぎられている。そのままセントラルパークを南下して、三越系列のラシックまで行き、某ビールメーカーの経営するビールバーへと、なだれこんだ。

そのまま、ミックスナッツみたいな、ちゃちなツマミでだらだらと飲む。

なにしろ、ここのところ酷いことばっかりだった。

異世界での魔物掃討に始まり、某国マフィア皆殺しに、アメリカ陸軍中将と会談と来たもんだ。あちこちでヤバイ橋を渡りすぎた。まあ、それなりに実入りはあったけどな。ちったあ、だらだらしないとやっていられない。

こんな話題に付き合ってくれるのは、自衛隊のやつらだけだし。

それから、またぶらぶらして、たまたま見かけた風俗店を二件ほどハシゴして、そろそろ待ち合わせの時間になった。

「おーっす」

「ういーす」

「よおっす」

「あぽう」

どいつもこいつも、昔から変わらないような連中ばっかりだ。返事の順に佐藤大地《だいち》・池田守《まもる》・合田《ごうだ》和雅《かずまさ》・青山武志だ。こいつらは俺と同じ豊川勤務で、よその土地から来た連中だ。部隊は違うが、仲がよかった。山崎も含めて、全員同期だ。俺以外は陸曹試験の一次に受かり三期目を更新した。

山崎はもともと曹候補だ。四年目で三等陸曹に上がった。頭もめちゃいい。レンジャー徽章持ちだし、何より元から成績が群を抜いてよかった。銃格闘はレンジャー以前に表彰状持ちだ。

レンジャー自体は評価に関係ないが、普通科で上がわざわざ四年目にレンジャーに送り出したんだ。ほかが遜色ないどころか超優秀な曹候補なら、そこで選ばれるに決まっている。

ほかの豊川在籍の連中も、もう全員がとっくに三曹に昇進していた。最近は任期制で入った人間が三等陸曹に昇進する割合も多いとも聞くから、こんなものなんだろうか。

そのうち、みんな他地域へ移動していくかもしれないな。

佐藤は野戦特科部隊でも運転には定評がある。池田も車長として大変有能だ。この二人のコンビは夜間の車両行軍訓練で、ただの一度も嵌《は》まったことがない。夜間走行訓練は、ライトを点《つ》けずに暗視装備で行なうが、まっくらな山の中で普通なら嵌まらずに走れるわけもない。

夜中にライトを点《つ》けて走っていたら、敵に見つかっていい的《まと》になってしまう。そのための夜間走行訓練なのだが、ほとんどのやつは嵌まって、大概は随伴する専門の後方部隊にレスキューしてもらう羽目になるのだ。

青山は高射特科だが射撃表彰持ちで、一緒にグアムに行って、その射撃ぶりに腰を抜かした経験がある。アイマスク被ったまんま、的の真ん中付近に全弾当てやがった。射撃場の人にバレたら怒られていただろう。

射撃量は重要な要素だが、射撃はセンスだ。初めて射撃場に行っても、ターゲットのど真ん中に弾痕を集中させる人の話はよく聞く。もし戦地へ行くなら、こういうやつと行きたいね。

合田も高射特科だが、記録や情報分析などに定評がある。ものすごく頭がいいのに、大学に行かずになぜか自衛隊にいるのだ。

うちの駐屯地の連中は、いろいろ勝手がわからないんで、最初から俺がガイドだった。俺は親父からもらったお古のワンボックスで、あちこちを案内して一緒に遊んでいた。

どいつもこいつもそろって、短髪でガタイのいい、むくつけき野郎どもだ。ひと目で自衛隊の集団だとわかる。今、こそこそと俺たちを避けていった二人組はヤクザだな。

「どこ行く〜」

「予約してねーのかよ」

「幹事誰だっけ」

「そんな上等なものはいたためしがないな」

「えーい黙れ！　今日は俺の奢りなんだから、高いとこへ行くぞ〜」

「おっす、任せたぞ。お大尽」

嫌がらせというわけではあるが、例の某国系の連中の中でも怪しいやつらが出入りする東南アジア料理のお店に、わざわざ自衛隊の団体で食べにいった。これがやりたかったんだよ。店主の野郎、俺が乗りこんできたんで、頭抱えているんじゃないか？

ここが食べ放題コースの店なら、豊川と守山の隊員を、毎日俺の奢りで全員呼んでやるのに。昔、どこかの駐屯所の近くにある食べ放題の店がマジで潰れたらしい。隊員が千人もいたらしいから〜。

この店は絶対に、某国マフィアとかの息がかかっている。わざわざ興信所に金を払って、急遽調べ上げたのだ。あいつらの直営かもしれない。ヤバイ会合とかに使うのだろう。アメリカからも情報は入っていた。

やつらが俺たちに喧嘩を売ったら、土曜日の騒ぎ×6になる。しかも、バックにアメリカをつけている。何が起きようと、日本警察は基本的に手が出せない。日本政府も防衛省もいっさい手がつけられない。

「またやつらが喧嘩売ってきたら、その時は問答無用で暴れるから。ケツはアメリカで拭いてくれ」

俺は中将に、はっきりとそう言った。

エバートソン陸軍中将は、アメリカ合衆国として、やつらには手出しをさせないと、きちんと書面で約束してくれた。アメリカ合衆国大統領のサインも入っている。

その内容はなんというか、おおむね、〝治外法権〟に等しい内容になっていた。

日本国総理大臣と、日本警察もそれに対して逮捕も制限もいっさいできないという内容だ。こんなものなど普通はありえない。十数枚からなる、英語と日本語で書かれた書類だ。

〝俺の援軍、友軍、助っ人〟なども、これに含まれるため、非番の自衛隊の友人も完全に免罪符となる。アメリカ軍の知り合いを引っ張り出してきて、一緒に大暴れしてもまったく問題がないという、無茶苦茶な内容だ。

あれから、取引の中で、〝陸上自衛隊と米陸軍の保有する兵器・銃火器類〟は、ほぼ入手に成功した。元本は返却した。大変驚かれたが、これは俺のオリジナル能力だと言っておいた。確かに、異世界の収納持ちもこの能力は持っていなかった。信じたかどうかはわからないが。

いざ戦闘になればやつらの拠点などは、好きなだけ潰し放題だ。

アローブーストは目視の範囲なら、魔法による推進補助により、どこまでも飛んでいく。金に飽かせてヘリをチャーターすれば、俺は弓一本で高威力巡航ミサイルの空中無限ランチャーとなる。敵の拠点すべてを時速二百キロ以上の移動速度で、空爆可能だ。

誘導能力により、百パーセント撃破も可能だ。最新の近代兵器でも真似はできない命中率だ。まあ、さすがに大使館とか領事館だけは攻撃するのは無理だな。

話を耳にして、わざわざ守山の司令部から第10師団師団長の陸将様が、会社へやってきた。守山の駐屯地司令は第10師団副師団長の陸将補が兼任しているみたいなので、その一個上の人だな。東海北陸の災害や防衛の最高責任者だろう。

「ああ鈴木、自衛隊を退職したきみに、わたしが何かを言う権限はないが……まあ、そのう、ほどほどにな。小山田君、よろしく頼むよ」

ひでえな。かつての仕事場の、地元で一番の偉いさんにも釘を刺されてしまった。こっちでも問題児扱いか。俺の上は京都の第4施設団の陸将補だったんだが。

まあ、ここの師団長も一時的とはいえ上司だった人だけど。どっちみち、中部方面区なのは同じだ。だから、京都を本拠地にする団の隷下《れいか》にありながら、豊川勤務だったんだが。

というわけで、相手が俺に手を出せないからこそ、わざわざこんな場所に喧嘩売りに来ているのだ。毒でも盛れるものなら、盛ってみろ。治癒魔法を全開で見せてやる。VXガスだって、完全に無効にしてみせるぜ。

とにかく、金に飽かせて派手に飲み食いしてやった。テーブルをひっくり返して、ウエイトレスのケツくらい触ってやったって、相手は泣き寝入りするしかない立ち位置だ。まあ、せんけどね。だって、にこやかにしていたほうが効果的なことって、世の中にはあるのだ。

俺は嫌がらせのためにアメリカとの特約に、こんな条件をつけておいた。取引品目はいかなる理由があっても、直接間接にかかわらず、某国並びに某国関係者にはいっさい渡さない。渡した場合は、アメリカの責任ですべて回収して無償で俺に返還されなければならない、と。

さらにどうしても、某国とアメリカが取引しないといけない場合は、アメリカ大統領が俺にお願いして交渉しないといけない、とも書かれている。その特約条項の書類には、特別に大統領の署名が入っている。政党が変わって、某国に甘い政権に変わっても有効な契約だ。

某国は、異世界進出どころか、ビジネスをするチャンスすら永遠に失った。

12　ダンジョン相場

ダンジョンに関連したアメリカとの取引はすべて円満に終わり、とりあえず、新しく渡せるような物はない。もう少しゆっくりしていろいろ集めてくればよかった。帰りたい一心だったから仕方がないけど。

だが、充分に苦労には見合った見返りとなった。

ところが、この情報が漏れて、〈ダンジョン銘柄〉が、わずか一週間で三倍に爆騰《ばくとう》した。俺が全財産突っこんだので、ちょっとした仕手戦になったのだ。はっきり言って大規模なやつだ。

なんのことはない。すべてを知る俺の動向に、市場がついてきただけだ。俺が口座を持っている最大手証券会社の自己売買部門が乗った。

こういうのは、別にインサイダー取引とはいえないだろう。俺が情報を流していたわけじゃない。俺の後ろから、彼らが勝手についてきただけなのだ。その情報をもとに個人が利益を上げたわけじゃない、証券会社が社内にある情報から取引して利益を上げただけなので、多分セーフだろう。まあ法律の厳格な運用については知らないが。少なくとも俺は無実だ。

こんなことは滅多にあることじゃない。海千山千の大証券が、ど素人のあとを黙ってついてくるのだから。普通は絶対にない。証券会社が損するだけだから。まるで、甚平鮫の周囲に群れをなす大小の魚のようだ。

これをアウトというなら、証券会社の自己売買はすべて禁止しなくてはならなくなる。情報自体が段違いなのだ。自己売買が有利に決まっている。すべての板情報が見られるだけでも、ずるすぎる。

むしろ証券会社の自己売買自体を禁止にすべきだ。そんなことを認めていることがそもそもおかしい。証券会社の本分に戻らせればいい。俺に得なことなので、絶対に言わないけどね。

ほかの証券会社も、それに乗ってきた。それとなく情報がまわっている気もするが、俺にはわからない。

海外の先物を扱う証券会社がその流れに乗り、海外の大口投資家も参戦して、日本の投資家もついてきた。さすがに呆れたが、世界で俺だけは絶対に損をしない相場なんで、文句は言わない。好きなだけ吊り上げては売っぱらって、次の銘柄へいく。

俺が買うたびに、ほかの連中が買うので必ず上がる。もっと上げたいなと思えば、追加買いすればいいだけだった。この株は上がりそうだよな、と目をつけておいた株があれば、ダンジョンに関係ない銘柄でも深読み買いがついてきた。前後に意味深な銘柄を買って、妙な関連付けをしておいてやれば、万全だった。

そこまでやると、さすがにプロの目は誤魔化せないようだった。途中から気づかれていたようだったが、彼らは知らないふりで、あえて乗ってきた。真実はどうでもいい。儲かればいいんだ。経済ニュース番組も、経済新聞も熱く沸騰して、普通のニュースでも日本株の過熱が報道されまくった。

千六百億の利益に二十パーセントの税金がかかり、手持ちが二千八十億になった。俺が売却した流れから利益確定で下がったところを、もう一度狙ってみる。ここは行っても大丈夫なところだから。ちょうど日経平均が二十五日線付近にある。

そこにタッチしたその瞬間に、先物で使っている証券会社の、初心者の上限二百枚買いしながら、二千億バスケット買いで現物の全力買いをした。これは株価操作にはひっかからない。

なぜなら、たかが二百枚の先物買いくらいで相場が上がっていくことはない。タイミングが悪ければ大損する。みんながそこで買いたいと思っている、まさにその瞬間に、相場の主人公である俺が誘ってやったのだ。

そこで買いたい！　だが、プロだからこそ最初の一人にはなりたくないのだ。ほかの人の反応が見たい。誰かがやって、ほかの連中が動くようなら、安全地帯となったその時には怒濤《どとう》のように食いついていくのだ。皆、頭は最初から捨てにかかっている。

その仕手になりうるのは、まさに世界で俺だけだった。

二千億は呼び水にすぎなかった。市場は即時に反応した。待機資金が唸りを上げてなだれこんだ。いつもは慎重な連中も、儲けどころは心得ていた。

先物の上がりかたが発狂したようだった。タイミングをはかってやったので、うまいこと海外証券の先物勢を釣れた。相場が動いたということは、俺が動いて、その動きを知る大証券が動いたということなのだ。

ここは二番底などないはず。少々下がっても売ってはいけない。日経平均は当日に+1σ《シグマ》に到達して高止まった。本日の東京株式市場の取引高は四兆円をはるかに越えた。活況といわれるのは、三兆円が目安だから相当の金額だ。

夜間の日経先物も窓を空《あ》けて始まり、ただの一度も下がることなくロンドンタイムに値を伸ばし、ニューヨークタイムを迎えた。

おりしも、その日当然のようにNYダウやナスダックも爆騰し、翌日に日経平均はさらにチャートに大幅な窓を空けて高値から始まり、ほとんど利益確定を引き起こすことなく上昇していった。

あっというまに日本株は高騰し、まったく下がることなく、ボリンジャーバンドで+3σを越えてなお上昇した。通常は九十五パーセントまで±2σのあいだにほとんど収まる。そして、ある瞬間にそこからはみ出ることはあっても、最終的にはあがったり下がったりで、おおむねその範囲に収まるのだ。そのように描かれるグラフなのだから。

だが、買う人間が集中していれば、たやすく限界など突破する。それが相場だ。早めに売ったやつらも、慌てて買いなおす相場だった。日米株式市場は、おたがいに窓を空けての上昇ラリーを演じて、三日間上がりっぱなしとなり、俺は二千億で仕入れた株を三千億で叩き売った。

がんばれば三千三百億までいけたのだが、欲張るとよくない。〝頭と尻尾は捨てろ〟と相場の格言にもある。俺は、自分で頭を取り放題だったのだから、尻尾までかじりつくしたらバチが当たる。

まだ買い手が山ほどいるうちに売りまくったので、すべてちゃんと売り抜けた。もう、ここまで来ると市場は勝手に動き出し、俺は関係ないのだ。さっさとゲームから抜けた。

売買高も、売買株数も年初来の数字を記録して、まったく関係のない業種でも年初来高値をつけた銘柄は多数にのぼった。

相場の過熱具合を見るのに用いられる、オシレーター系の指標は軒並み超過熱を表わしており、そのほかのオーソドックスな指数も完全に過熱を宣言していたのだが、相場は狂ったようなエネルギーを吹き上がらせて燃え盛った。賢い人なら、もう絶対に手を出さないシーンだ。そして案の定、ゴールデンウィークに爆下げを引き起こした。よく見られる現象だ。

皆が皆、いっせいに売りまくったのだ。証券会社は俺がすでに幕を引いたのを知っているので、同じく手を引いていた。今の相場は落ち着いている。俺は静かに先物を五百枚売りまくった。枠を増やしてもらったのだ。普通は相応の実績が必要とされるが、俺の場合は無条件で審査が通ったようだ。税引きで二十億円を手にすることができた。

ゴールデンウィークの終わりには自立反発が始まった。日経平均は-1σで下げ止まり、再度上昇した。三四目のドジョウはいないと思っていたので、千億だけ残しておいた資金を投入した。もう証券会社もさほどついてはこない。

いったんは上昇したものの、エネルギーの少なさを痛感したので、早々に売っぱらった。たった二百億だけの利益。だが一日でこれだけ儲けたのだから、文句を言ってはいけない。前日からの大幅マイナスから、本日分のプラスがあったから利益が大きかっただけだ。しかも、終値では元に戻ってしまっている。いわゆる〝いってこい〟の相場だ。

NYダウも大幅マイナスだったが、朝がたは大幅に下げ幅を縮小しており、日本株も再度の上昇が見こまれた。ここがラストチャンスなので、もう一回だけ千億で攻めることにした。朝がたに取引をまとめたバスケット買いをいれておき、日本株も大幅に下げ分を縮小して始まった。

日経平均は、-1σを±ニュートラルの位置まで戻して、その日の取引を終えた。だが、取引代金は三兆円にはほど遠い。熱狂は去ったのだ。市場エネルギーの低下が肌で感じられた。

そして俺は数日株を保持して、日経平均の+2σまでがんばって、そこですべてを〝成り行き取引〟で清算した。市場エネルギーは、あまりにも平穏だった。資金の逃げ足は速いはずだ。+3σまでは絶対に届かないだろう。

案の定、瞬間+2σに到達したかと思ったら、再度一瞬だけ跳ねて小さな小さなWトップを形成し、うねるように下がっていった。

なんとかそこで五百億抜いて、退散した。もう多分株はやらないだろう。わからないけど。このあとの進展によっては、第二次ブームもありうるのだ。その鍵はすべて俺が握っているので、何も困らない。ダンジョン銘柄は、俺のイニシャルから「S銘柄」と呼ばれていた。

手持ち二千八百八十億に税引きで五百六十億をプラスした。文句のつけようもない。先物でもトータルで税引き二十八億ほど手に入った。全財産で三千四百六十八億円だ。あまり深入りしてもよくない。自分のことで確実にわかっていて、その上資金があったからできたことだ。おまけに、米軍との話し合いで、少し休職させてもらっていたので、時間もあったのもある。おおよそ、五月なかばの時期であった。

また異世界へ持って行くものを、買いあさった。今なら高級品も好きなだけ買い放題だ。俺は必ず、あの世界に戻ると決めている。一度行けたのだから、きっとまた行けるさ。ブランド子供服とか、ついつい買いあさってしまったが、さすがに高いな～。

ミスリルなんかは、アメリカもまだ買ってくれそうだ。あれは材料の銀があれば、いくらでも作れるみたいだし。あんまりバラまいても値打ちが下がるので、もったいをつけて少しずつしか出してないのだ。アメリカは、あればいくらでも買うと言ってくれている。

外国の大国勢力は、アメリカとの交渉に必死だ。某国はもう俺にはいっさい構わなくなった。

　某国はどうも、市場に出まわった異世界の品を買いまわっているらしい。なかなか手に入らなくて、あの異世界のゴミのようなおみやげ品を一個五億で買い取っているそうだ。

　俺はコピー品のゴミ土産をアメリカに頼んで、確実に某国の手に渡るようにしておいた。材料は魔物じゃないので、それからはDNAなどのデータが取れないという、最悪のゴミ以下の代物だ。

　それを使って賠償金代わりに、都合二百億円くらい某国からぶんどった。これも税金がかからない範疇になる。俺の資産は三千六百六十八億円に達した。大笑いだ。俺の一人勝ちだな。

　ロシアはもともと俺に手を出しては来なかった。これからもないだろう。ロシアは日本国内では活動基盤が弱い。俺と敵対関係にはならないだろう。

　自衛隊の古株連中も、ロシアの脅威度は下がったと、みんな言っている。装備や部隊編成も、そのように編成がどんどん変わっている。

　中央アジアとかならいろいろ動くのも簡単だが、ここは日本、アメリカの庭だ。いま変なことをすると、クリミヤ問題で、いじめられ放題だ。ダンジョンの権益に預かりたい国が、みんなロシアの敵にまわる。

　俺の周辺を嗅ぎまわってはいたようだ。だが、手は出せない。今回は鼻薬として、アメリカがクリミヤ問題で手心を加えているらしい。ほかの国も空気を読んで、合わせている。ロシアは動きたくても、動けないのだ。

　ふるいつきたくなるような、ハニトラな美人スパイが届かなくて残念だ。いつかロシアに遊びに行こうっと。ウラジオストックなら、とっても近いぜ。せっかく金持ちになったんだからな。チャーター機でも飛ばして行こう。いまロシア語は猛勉強中なのだ。

　米軍からも、そういうリポートが来ていた。アメリカは俺を手放さないだろうし、俺は敵が全滅するまで猛反撃する。その上、いろいろと相手にペナルティが付くのだから。おまけに、俺は今、金を持っているので、いろいろ嫌がらせすることも可能だ。

　相手からしたら、目も当てられない結果しか残らない。こういった要素があるので、アメリカも俺にあんな許可証をくれたのだろう。食えない連中だ。

13　アメリカからの依頼

朝、久々に出社したら、エバートソン陸軍中将が待っていた。

「おはようございます。今日は、また何か御用ですか？」

エバートソン中将は、にこやかに笑うと、

「いや、きみのおかげで大戦果だ。少なくとも異世界の産物については、今のところアメリカ合衆国が占有している状況だ」

我が祖国には、おこぼれはないんだな。まあ日本政府は締まり屋だし、こういう時は、俺の権利はいっさい無視して「すべて接収する」って言い出すからな。自衛隊時代なら、問答無用だろう。アメリカが金を積んでくれなかったら、危なかった。というわけで、特に日本政府に同情はしないな。

「そんな、お話をわざわざするために、こんな朝早く？」

俺が不思議そうな顔をすると、コーヒーをひとくち啜り、

「ミスタ・スズキ。もう一度異世界へ行く気はないかね」

いや、行く気は満々だけれど、なぜあなたがそんなことを?

俺の戸惑いは、すでに予想していたのだろう。資料を取り出して見せてくれた。現在の米軍の侵攻具合だ。トップシークレットの軍事機密だろう。

俺はパラパラと、資料をめくった。俺もダンジョン内で、仕事をしているのだ。第21ダンジョンに限定ではあるものの、だいたいの話はわかる。

俺の目を引いたのは、全ダンジョンの侵攻具合を示す一覧表だ。ズラリと並んだ棒グラフは、規模の大きい順に並んでおり、第21ダンジョンは上から三番目だ。

上から五つ目までは半分ほどの進捗で、一番下から十個は〝コンプリート〟――探索終了を示す百パーセント、グラフは真っ赤に塗られている。そのほかはそのあいだくらいだろう。

「わかると思うが、下の十個はすべての通路を制圧したが、異世界に出ることはなかった。もともと、これが異世界に通じているという発想は、われわれにはなかった。兵士たちが奇妙な夢を見たりしなければな。彼らの異世界夢は、いまだに終わってはおらん。おそらく、すべてのダンジョンを探索しつくしたとしても、異世界への通路が現われることはないだろう。きみが消えた、あの場所は調べつくしてみたが、なんの手がかりも見つけることができなかった。きみなのだ。きみだけがなんらかの方法で、あの世界へ行き、そして帰ってきた」

ふーん。そう言われてもなあ。行きたいのは、やまやまなんだが。

エバートソン中将がおっしゃるには、現状あまりにも情報が少ない、とのことだった。

「きみの話では、米軍が侵攻したりすれば部隊に大被害はまぬがれまい。実際にきみは魔法を使ってみせた。しかも攻撃魔法ですらない、ただの矢の威力を上げるだけの魔法であれだ。本職の攻撃魔法部隊にかかったら、全滅はまぬがれないだろう。米国世論はその失態を許すまい。ビジネスの話をするにしても、話がちゃんと通る連中なのかどうか。きみが言うには、封建社会の王国ばかりというじゃないか。とはいえ、迷宮都市はすべて自治をしており、話もわかるというのだろう」

どうやら、向こうのお偉がたは、いろいろとそのへんの見極めをしたいらしい。

「それから、異世界へ行く方法についても調査をしてほしいのだ」と、エバートソン中将は言った。小山田さんがそのあとを続ける。

「できるできないは別にしても、調査を受けてくれるだけで、うちの会社に二十億払うという話だ。着手の契約で、前金十億の支払い。報告書と引き換えに、後金の十億が支払われる。さらに、おまえが持ち帰ったものについては、今までどおりに買い取ってくれるそうだ。それは、全部おまえの取り分だ。できれば前回とは違うものも欲しいと言っているがね。今までの分も、ちゃんとしかるべき利益は上がっているそうだ。特にミスリルのようなものは、なるべく入手を心がけてほしいとのことだ。宝石類も悪くないと。あとは先方の希望する物品を調査だな。武器以外で。どうだ？　やるんなら、第21ダンジョンで遊んでいていいぞ。おまえなら、魔物にやられてしまうこともないだろうからな」

小山田さんの説明によれば、会社の身分はそのままで、異世界へ行ったり来たりで遊んでいていいってことか。うーん、いいお話だ。会社はやめたくないんだよな。

「自衛隊から、何人か呼んでみてもいいですか？　特に運転手や砲手、ナビゲーターが欲しい。結構難儀しましたんでね。遠征するとなると、一人じゃきつい。この前は、ダンジョンも街の外も、すべて日帰りでした。できれば、交替で野営の見張りをするとなると、少なくともあと五名は欲しいですね。現地での滞在費用は、俺が持ちますから。武器弾薬や車両燃料などの装備なども俺持ちで」

「わかった。そのへんは、米軍から要請してもらおう。どうせ、おまえと仲のいい、あいつらだろう」

「よく、おわかりで。気心の知れている連中のほうが安心です。ハンヴィーで行けば、一台分です。戦闘を目的にしているわけじゃないし。まあ、連中だって、それなりには動けるでしょ」

ふっふ。山崎よ、〝お仕事で〟呼んでやったぜ～。あいつらも、アイテムボックス持ちになったら、さぞかし隊で便利にこき使われることになるだろうな。

みんなで、ちゃんと向こうに行けるといいな。異世界風俗探検隊だ！

そんな俺の心中を見透かすように、小山田課長は呆れ顔で見ていた。

俺が送りこんだ、異世界の値打ち物は、相当彼ら〝雲の上に住むかたがた〟の心《ハート》を鷲づかみにしたようだ。正確には、その各国政治家たちのスポンサーや、もっと偉いさんたちの。彼らからは、〝追加オーダー〟が入ってきている。無論、アメリカの大富豪たちも待ちわびているのだ。

大統領もほうぼうからせっつかれている。それで中将に速攻で命令が下った。俺が要求する戦闘機材も無条件で欲しいだけ渡された。

それが今回の異世界行きの裏事情と言われている。小山田さんが、そっと教えてくれた。俺にとっても、安全保障が強化できた上にザクザク金が入ってくるという、いい仕事だ。会社にも、お小遣いくれるそうだし。社長も喜んでくれるだろう。

14 出動

俺はそれからしばらくいろいろと準備を整えた。そして、〝司令部〟に顔を出した。

なんと、師団長のいるところで、やつらはピシッと整列していた。全員、すでに出動態勢にあった。戦闘服の上から防弾着を身にまとい、重さ三十キロはある背嚢を背負い、マガジンを装着した自動小銃を持っている。

実は俺も同じ格好だ。これを着ることは二度とないと思っていたのに。89式自動小銃を持つのも久しぶりだな。

「鈴木、来たか」

師団長も〝鈴木さん〟なんて呼んではくれない。まあ、いいんだけどね。少し嬉しくもある。

「はい、要請を聞き届けていただいて、ありがとうございます。なにせ、あちら側の第21ダンジョン、迷宮都市クヌードは孤立しているようなので。近辺には、まともな街道すらないありさまです。前回はハンヴィーで二時間程度遠征しましたが、他都市の影さえも見ませんでした。

地球のような精密地図がない上、軍事機密とされて、まともな地図が流通していない可能性があります。単独での行動は危険があります。まだ確認できていませんが、ダンジョン外におきましても、魔物が多数生息している模様です」

いちおう、説明はしておいた。物見遊山って言われると困るんだよね。あいつらは、まだ現役の自衛官だ。国家公務員なのだから。

「ああ、米軍から報告は受けている。なにしろ、この日本のど真ん中で起きている案件だ。いろいろ対処するにしても、とにかく情報が不足している。政府も詳しい報告が欲しいようだ。しっかり頼むぞ。で、あちらには行けそうか？」

「了解しました。行けるかどうかは、まだわかりませんね。今までの流れからすると、異世界行きの原因は自分にあるようなので。おそらくは〝魔法適性〟のようなものが影響しているのではないかと思うのですが。魔法を使えない正《まさ》さんも向こうに行っていますからね。なんとも言えません」

正さんの場合は、単に覚える気がないだけかもしれないからなあ。

「正さんか。懐かしいな。生きておられたとは。それは喜ばしいのだが、それにしても異世界永住とはな」

師団長も思案顔だ。本来なら、日本政府が異世界からの民間人救出部隊を派兵するシーンなのだから、無理もない。第10師団としては、遭難した地元市民に対して複雑な気持ちだろう。その分、いろいろ用意はしてくれた。

本人から、「異世界が気にいっちゃったから、こっちに住むわ」とか言われちゃったらね。師団長からは、〃お気にいりの一本〃を正さん宛に預かった。

自衛隊の若いやつらが通う店なので、師団長も〈マサ〉にちょくちょく顔を出したりしたこともあるらしい。この師団長もそろそろ転勤のシーズンだ。だが、ダンジョン問題があるので、それも少し延びるかもしれない。

いきなりよそから来て、ダンジョン押し付けられたら誰でも泣くだろう。新師団長が泣くくらいならいいが、それだけではすまないはずだ。特にここ〃第21〃が、いま注目株の大問題ダンジョンなのだ。

一番懸念されているのは、俺が新師団長の言うことを聞かないのではないかということだろう。今の俺は民間人だ。へそなんぞ曲げ放題だ。今の師団長なら、言うことを聞きそうだと思っているはずだ。このあたりの部隊を預かるトップで、実質俺の最上官に等しい人間だった。

「では、行ってまいります」

俺は師団長に敬礼して、挨拶をした。山崎たちも俺に続く。

「うむ。気をつけて、行ってこい」

「なあ、肇《はじめ》、師団長は〝行ってこい〟って言ったけど、そうほいほいと行けるもんなのか？」

こいつらは、皆退官した俺を名前で呼んでくれる。自分たちは苗字で呼び合っているが。うっかり習慣で、仕事中に名前で呼んじまったらまずいからな。

「行けねえから、苦労しているんだよ」

合田の疑問に、俺は笑って答える。

「ふうん。気合入れて出てきたはいいが、日帰りになる可能性が高いってことか？」

青山は退屈そうな感じで言う。きっと、わくわくしてあまり眠れてないんだろ。若干寝不足気味の顔をしている。こいつは、そういうやつだ。

「いや。いちいち戻ってくるのは面倒すぎる。守山からダンジョンはそれなりに距離がある。米軍の駐屯所を、どこでも使わせてもらえる話になっている。駐屯所なら米兵が見張りをしてくれるから安全だ。戦闘部隊の駐屯所だから、俺があの時向かった補給所みたいなことにはならないさ。もともとは、この話もアメリカさんからの依頼だしな」

俺たちは守山駐屯地の中を歩きながら、今回の件について話した。俺みたいな下っ端が滅多には来ない場所だったんだが、相変わらず代わり映えのしない殺風景な通路だ。だが、きちんと清掃が行き届いているのも、変わらない。

ドアノブまで、ピカピカに磨きぬかれるのだ。まあ新隊員が磨きそこなっても、何度もやりなおしさせられるだけだ。腕立て伏せがオマケについてくるかもしれないが。ロッカーの中みたいに、台風と称してひっくり返されたりはしない。

そして、だらけているようなやつも見かけない。皆、背筋を伸ばして、きびきびと動く。事務などを担当する隊員だって、一日一、二時間は体を動かして訓練するのだ。

その空気の中にあって、自分はさほど違和感を覚えない。いまいきなり訓練に入れといわれても、なんなくこなせそうな気がする。気がするだけかもしれないが。

俺たちは駐屯地の高機動車で、ダンジョンまで向かった。ガイドウェイバスの〝ゆとりーとライン〟と併走する形の県道30号関田名古屋線を進み、名古屋第二環状自動車道、通称〝名二環〟へと向かう。

運転手が佐藤で池田がナビを務める。運転なら、こいつらだ。この二人は運転業務には定評がある。それも当てにして呼んだつもりだ。逃走力がものを言う場面も想定している。勝てないのではなく、地元住人から反発を食らったような場合とか、発砲するわけにもいかないし。

松河戸インターから乗り、楠《くすのき》ジャンクションにて、名古屋高速11号小牧線へと至る。さらに小牧北インターで国道41号に降りて、国道155号線へと向かう。そこから俺の通勤路である県道63号線に乗れば、一キロもかからずにダンジョン区域の立ち入り禁止区画のゲートにさしかかる。周囲をぐるりと金網で囲んである。上には鉄条網や高圧電流線が装備されている。

いつ見ても大仰なゲートだが、ないよりはマシだ。だが大型魔物なら、簡単に突き破ってしまうだろう。やつらはダンジョンから外へ出してはならない。そして五百メートル先の岩山地帯に入る第二ゲートを通過して、本式なダンジョン区画へと入る。とても日本だとは思えない風景だが、二年少し前までは、確かに、ここにそれなりの町並みがあったのだ。

ダンジョン入り口前の、米軍統括駐屯地、通称ブラックジャックへと車を止める。その前方には、〝自走20榴《じそうにいまる》〟が、87式砲側弾薬庫を従えて十両控えている。

実際に怪物とやりあった俺としては、その203ミリ砲を積んだやつが頼もしくて仕方がない。機甲科ではないので、運用は手に余るが、いちおうこれも一台もらってある。

砲には一発込めてすぐ撃てるようにしてある。

自走できるのが最高。アローブーストをかけて、ぶちこめば！　まさに、とっておきの一発だ。俺用に特別に徹甲弾を用意し、そしてミスリル弾も用意してあるのだ。

ほかには当然のように、豊川の十八番《おはこ》である155ミリ榴弾砲FH70を持っている。野戦特科の専門家が二名いるのだ。自動給弾だが、やろうと思えば弾ごめは俺がアイテムボックスから直接行なえる。

無骨なコンクリートの建物の中に入ると、ジョンソン大佐が出迎えてくれた。

『やあ、精鋭部隊の到着だな』

別に皮肉っているわけではない。俺たちは戦闘をしにいくわけではないのだ。俺にとって最適な部隊編成という意味だ。後ろの連中がしゃちほこばった敬礼をする。

『ああ、楽にしてくれたまえ。きみたちには期待しているよ。なんにせよ、我が軍はいまだに異世界にはたどり着けていないのだからね』

『なるべく、ご期待に応えるべくがんばりますよ。俺にとっては、会社の仕事と個人的なビジネスでもありますので。まあ後ろの連中は、自国の政府に報告しなければいけない公務員ですが。車はここに置かせてください』

『了解した。それでは、うちの車で送るとしよう』

俺たちは、米軍の車両二台でダンジョンの中の入り口へと連れていってもらった。あの時を思い出すな。フィリップス少尉の家族は今どうしているだろうか。今の米軍と自衛隊の違い。一番大きいのは、部下の戦死を伝えに行く上官の姿があるかどうかじゃないのか？

そんなふうに思ってしまう俺は、ダンジョンや異世界の出来事に毒されすぎているのだろうか。俺の弟はなんの罪もないのに殺されかけた。クソったれのギャングどもに。

本来やろうと思えば、この日本の国はあんな連中を排除しておくことなど簡単にできる。あえてやらずに国民を見殺しだ。核の傘の問題もそうだが。何もかも、嘘っぱちばっかりだ。自衛隊員は国民のためにいる。クソな政治家のために命を張るわけじゃない。まあ、所詮は公務員なんだから、しょうがないけどさ。

「おーい、肇。おまえ、何難しい顔してんの？　早く狐耳の可愛い子ちゃんに会いに行こうぜ」

お気軽な山崎の眠そうな声に、俺もつまらない考えを頭の片隅に追いやった。

「そうだな。じゃ、佐藤と池田、頼んだぜ」

そう言って、俺は愛車のハンヴィーを取り出した。

15　ダンジョンへ

俺たちは、ルート15を流していた。１５１補給所をめざして。あれから、補給所にも戦闘部隊が常駐することになった。ダンジョンの中は、制圧したと思っても、ごく稀に後方に魔物がリポップしてくる場合がある。ダンジョン内限定だが、防衛線をワープで抜いてくるようなものだ。

どこから湧《わ》いてくるのかわからない。監視カメラでも、そこまで捉えきれていない。どうやって湧いてくるか仕組みもわからない。向こうでも、湧いてくるところは見たことがない。やはり、各陣地に充分な防衛機能を与えないといけないということになったらしい。

たかが十キロの距離だ。いちおう、警戒はしておく。ほどなく到着したが、１５１補給所も、やはり以前のような弛緩《しかん》したムードはない。一回全滅した場所だしな。

以前は十人くらいの、完全な後方要員しかいなかったが、今は警備する戦闘要員を含めて三十人ほどが詰めているらしい。補給所だけで二十人の増員だ。

『きみがスズキか？　大変だったそうだな』

補給所の新しい責任者は、バリバリの戦闘指揮官といった趣《おもむき》の、ジェファーソン中尉という青年士官だった。腰のホルスターに45口径をぶちこんで、肩にも自らM4カービンを背負っている。

彼は、俺たちを簡易な椅子を備えたテーブル（はっきり言ってただの会議用の長机だ）に招いてくれた。

『ええ。まあ、なんとか生きていましたよ。自衛隊OBなのが、命綱でしたね』

『そうか。異世界はどうだ？』

若い兵士が、人数分のコーヒーを持ってきてくれた。全員、片手を銃口を上に向けた自動小銃に添えて、コーヒー飲みながらの歓談だ。それを見て中尉は満足そうだ。ここで、気を抜いていたらどうなるか。この俺がまさに生き証人だった。

『どうだってほど、向こうにいないうちに帰ってきちゃいましたからね。ほぼ毎日、ダンジョンに潜ったりしているだけでした。こちらへ帰る経路を探していただけなものですから』

『これからどうするのだね？』

『とりあえず、ルート25をたどってみようと思います』

『うむ。何かあったら、すぐ救難コールを出してくれ。以前と違い、こちら側からも、すぐに救援に向かえる体制だ』

『お心遣い、感謝いたします』

コーヒーを急ぎご馳走になって、そそくさとトイレをすませ、俺たちはハンヴィーに乗りこんだ。まあ、こんなのはいつものことだ。宿舎での日常生活がこうだからな。俺も、いまもってまったく違和感がない。体に染み付いたことは、なかなか簡単に抜けるものじゃない。


「あの時は、やつらを強引に振りきって、ルート25へ飛びこんだ。武器も手元になかったしなあ。よく、生き延びたものだ」

「そうか。大変だったな。まあ結果オーライだ。弾なんて、どっから飛んでくるかもわからないんだしな」

山崎も、そんな世間から見たら、ずれたような返事を返してくる。

こういう会話ができるのも、かつて同じ自衛隊の飯を食った連中ならではだ。普通の人には、そんな実感なんてわかない。当たり前のことだ。

たった五キロの道のりなので、俺たちは2512駐屯所へと、あっさりと到着してしまった。

「うむ。まったくもって、正常だな」

「だよなあ。もう一回戻るか？」

ドライバーの佐藤が訊いてくる。

「いや、少し引っ掛かっていることがある。一度、2512で腰を落ち着けよう」

「了解」

佐藤は、車を2512駐屯所のパーキングへ、押しこんだ。

ここは、かなり広い。常に五十人くらいが待機していて、ほかに三十人ほどの戦闘部隊もパトロールに出ている。各通路には戦闘部隊をおいた二つの駐屯所がある。合計六十人ずつが探索の任務についている。交替要員を入れれば、百二十人だ。

そのほかには休日を取らせたりするための交替要員や、警備や事務などの職員がいる。この第21ダンジョンも今は全体で二千二百人だ。一部には、この前のようなおかしな連中も混じっているのだ。周辺住人から苦情が入ることもある。

このあたりでは、沖縄で起きているような酷い話は、それほどはない。米軍基地とは違い、日本に主権があるからだ。アメリカ軍が勝手に、押しかけている形なので。それでも、最初のころはとにかく酷かった。今もそれが尾を引いているのは否めない。まあ、よそ行って悪さしない軍隊なんて、日本の自衛隊くらいのものなんだが。そもそも自衛隊は軍隊でさえないが。

基幹通路ではない、枝の部分には、駐屯所ではなく無人のキャンプが設置されていた。部隊が立ち寄って、食事や休憩などができるようになっている。

仮眠するための簡易ベッドもある。非常時には補給所として使えるように、予備の武器弾薬や水に食料も置かれている。

駐屯所には交替の部隊が三十人と、ほかに整備班や輸送隊、部隊付きのドクターや調理係の人がいる。

目ざとく俺たちを見つけて、近づいてくる米軍将校がいた。ここの責任者のロバート中尉だ。

『やあ、スズキ。異世界へ行く道というか、方法を探しているそうだな』

『ああ、ロバート中尉。うーん、なんというかな。気になっていることはあるのですがね。それが、どう具体的に結びついていくのか』

『ほお？　話を聞かせてくれ』

ここも、やっぱり長机だった。足が折りたたみできて、それなりに見栄えがする。車で運ぶのも楽だ。

『わたしは、ここから異世界へ行った時に、十体の大型魔物に追われていました。照明のある通路を走っていたのは覚えています。つまり、このルート25にいたわけです。そして、明かりが見えたので、てっきり2512駐屯所なのだと思い、飛びこみました。だが、それは異世界の太陽の光でした。

現地で会った旧知のかたも、トラックで魔物に追われてあちらの世界に出たのです。ほかにも、魔物に追われて行方不明になったとおぼしき人もそれなりにいます。もちろん、その人たちがすべて異世界に行ったかどうかはわかりませんが。

そもそも、なぜこのダンジョンが、この世界に繋がってしまったのか。現地の責任者は、これが日本と繋がっていることさえ知ってはいませんでした。向こうから見ても、通常ありえないイレギュラーなのです。

ダンジョン・クエイクとはなんだったのか。われわれ、地震などの災害時には先頭をきっていくような自衛隊施設科の人間でさえ、皆、大いに戸惑いました。

そして帰る時も、大型魔物と遭遇し、引き連れて逃げていたところ、帰ってきてしまったのです。

出口と反対方向に走っていたのに光が見えて、いつのまにか方向を転換してしまったのかと思っていたら、２５１２駐屯所に出てしまったというわけです。まるで消えてしまったところから、やりなおしたかのごとくに』

中尉は考えるふうだったが、

『すると、そういう魔物に追われるような緊張感のようなものが、何かに作用して世界を越える、と？』

『わかりません。ただ、状況証拠からすると、関係があるかもしれません。中尉、このダンジョンにあって、外にないものって何かわかりますか？』

『ふむ。魔物かな』

『いえ、それもありますが、おそらくは魔素というようなものです』

『魔素？』

中尉は顔をあげ、眉をひそめながら聞き返した。軍人としては、そんなことは世迷言と片付けたいのが人情だ。それが、なんの訓練も受けていない人間の言うことなら笑いとばすのだが、目の前の男は何年も自衛隊で訓練し、精鋭の証《あかし》たるレンジャー資格を取り、そして異世界で戦って生き延びた男なのだ。そして、現実に魔法を使うことができる。

『ええ、それが迷宮の中で、魔物を生み出しているのだそうです。わたしの場合は異世界で、魔物と戦って倒していくと、だんだんとそれを蓄えていく量が増えていくのがわかるというか、それがあるのが、わかるのですが。ここにもそれがあります。

ただ、最初の時はわたしもそんなものの持ち合わせはなかったはずですしね。行方不明になったほかの人たちも。ここの兵士も、わたしのようになっているふうでもないですし。とはいえ、兵士たちが見たという夢が気になります。それが魔素を通じて、向こうの世界の姿を擬似体験として見せているのか。全員がその夢を見るわけではないようですし』

中尉はますます考えこんだ。

『今のところ、まったくもって謎というわけだな』

『まあ、そんなところです。たとえ異世界へ行き、再び帰ってきたわたしとて、闇雲にうろうろしていても異世界へいけるわけではないのだろうと考えています。正直、どうするのか。考えてはいましたが、どうなのかなと。とりあえず、魔物と接触すれば何か進展があるかもしれません』

『うむ、健闘を祈るよ。くれぐれも気をつけて』

ロバート中尉に送り出されて、俺たちはルート35、つまり前線の戦闘区域へと車を進めた。俺も初めて立ち入る区域だ。少し緊張する。

16　ポップアップ

俺たちは慎重に車を進めた。俺たちは戦闘のプロではない。俺だってこの前転移した時は、大概は離れたところから魔物を射撃して倒すだけだった。魔法があるので少しは安心だが、過信したくはない。ここは迷宮で、魔力をケチる必要はないので、俺は車に対してイージスの魔法を厚くかけておいた。

こちらの迷宮も基幹となる十本の通路からなる。1から10まである。補給所は各通路にひとつずつあり、車両の整備なども行なう。俺があの日担当していたのは、5号通路にある151補給所だ。

そこから奥の分岐はいろいろだ。奥へ入るにも基幹通路として定められている通路がある。それが5号通路ならば、251通路、通称〝ルート25〟というわけだ。枝分かれがあり、ここ5号通路は四つの枝を持つ。それらが252から255の通路となっている。

分岐の手前には、無人の補給所が設けられている。

この第2侵攻ラインの各メイン通路には、二つの駐屯所が設けられ、ここルート25であるならば奥から25１1、手前が25１2となっている。だから、俺はメイン通路を通り、手前にある25１2へ逃げこもうとしたわけだ。ここは簡単な車両の整備（手入れみたいなもの）や、宿舎のような場所だ。戦闘部隊も必ず待機している。

ここ第21ダンジョンに配置された米軍の人員はおよそ二千人であり、地上部隊もいるので、一通路あたりの人数は百七十人にすぎない。あれから、補給所には増員されたが。すべてのキャンプに大量の人員を置くことはできないのだ。これでも恵まれているほうだ。

派遣された二万人の兵力のうち、一割がここにきている。ここを含む上位三つのダンジョンがそうだ。第5が四千人、第15が三千人、上位三つのダンジョンが半分近くの兵員を食ってしまっている。それでも足りないくらいだ。ほかは推して知るべしで、常に人手不足だ。

近年は債務問題で、常にすったもんだするアメリカでは、なかなかに国防以外のこういう予算は出づらい。いきおい、ダンジョン関連の財源は日本に負担してもらおうとする。だが、日本も借金は膨大なものであり、自衛隊員も絶対数は少ない。

そのため米軍も常駐駐屯所を最前線に置くのではなく、パトロールにより勢力範囲を確保している。舗装し、電子的な監視システム網を張りめぐらせて、安全を確保しているのだ。

第3侵攻ラインは第2ラインの部隊が探索する場所だ。ラインと言いつつも、実際にはまだそこにラインを引ける状態ではない。そこまでの人員がいない。

工事を行なうならば、警護も必要となる。自衛隊も外の警備で人手を取られるので、応援を要請されたが断った。隊員の安全面もあるが、人手が足りないのと、本来は国防にまわる人材なのだ。

通常のルートで直接異世界に繋がっていないと思われることから、この日本に出現したダンジョンはおそらく本体ではない、伸ばした根っこのようなものだ。いかなる理由かは知らないが、こいつらは日本にまで養分(人間)を取るための、根っこを伸ばしたのだ。まるで生き物だな。

このダンジョンの向こうにある迷宮都市クヌードも、俺自身が探索しつくしたわけではない。ほんの入り口程度をうろついただけだ。かなり広いということは聞いているが。

ただ、こちら側はそこまで広いという感じはしない。広いというか、長いな。

おおもとのクヌードの迷宮は、中に入ってすぐに分岐が始まって、どんどん複雑になっていくのだ。この第21ダンジョンは、そんな感じがしない。俺は、このダンジョンをクヌード・ルーツと呼んでいる。クヌード本体ではなく、根っこにすぎないという意味で。

闇の中、ライトに照らされ何かが動いた。

「見たか？」

俺は、ほかの連中に確認する。

「ああ、見た」

「小さいな」

佐藤と青山が答える。

「どうする？」

山崎が訊いてきた。こいつは魔物を捕まえたいんじゃないかな？　ペットじゃねえんだが。

「あの小さいのじゃ、進展に期待はできないな。パス」

「そうか」

残念そうに山崎が答えた。おまえの出番は向こうに行ってからだ。

このハンヴィーは戦闘装備なので、長時間車を走らせるのに向いたものじゃない。まあ、そんなに走りまわるほど広い場所じゃないのでいいんだが。もし、向こうへ行けたら民間の車両に交換してもいい。

そして、次の瞬間、魔物がポップした。俺は見てしまった。魔物がハンヴィーの真横の岩肌から、ずるりんといった感じで、生み出されたのを。見たことがないタイプだ。少しぬめっとした感じの、なんだかよくわからないやつ。カメラも構えていたので、映像にも撮れた。

「走れ！　佐藤」

次の瞬間、アクセルべた踏みされたハンヴィーが走り出した。佐藤が確認してきた。

「どうする？　いっぱい追ってくるぞ」

「このまま、行こう。このノリで向こうへ行けるか試してみよう。駄目なら、俺が狩る」

青山は首を竦《すく》めて観察する。この車に装備されたM2重機関銃は、前方を向いて取り付けられている。どうしてもというなら、ライフル関係で撃たせて、アローブーストで支援だが。とりあえず、カメラを持たせて撮影をさせておく。

ナビの池田が、マップロードシステムとにらめっこで佐藤に指示を出す。これはただのナビシステムではなく、いくつものロードシミュレーションをインプットしてある。

ルート35はかなりの分岐を持つ。入り乱れ、ほかの通路に繋がっている。とはいえ、舗装され監視システムも組みこまれている。かなりのパターンを組みこんであり、随時作戦変更に従い、瞬時にプランが切り替わり、いくつものルートを提示してくれる。作成しておいたプラン外の事態になった時こそが、池田の真骨頂だ。米軍の監視システムとアクセスし、魔物の位置を観測しながら、その時の状況に合わせて最適のルートを選ぶのだ。うちで池田以外にこんなものを管理できるやつはいない。

「あ、そこ右な～」

いちおう、ルートに関しては打ち合わせずみだ。

貨物席シートにすわる合田が、装着された機器で、米軍と自衛隊に同時にデータを送信していく。山崎は何かあった時に対応できるようにフリーだ。でかい対物ライフルを抱えこんでいる。こいつの身体能力は高い。

俺はいちおうリーダーっぽい感じのことをやっているので、後方の映像を手元の端末で見ていた。

「どうする～」

池田が訊いてくる。

「とりあえず、鬼ごっこ。トラブったり、はさみ撃ちになったりした時点で、このゲームは終わらせる」

「あいよ〜」

池田はナビや地理に詳しい。いきなりで地形を読むのも慣れている。佐藤は、こいつのいいなりで走ればいいだけだ。なんでこいつが、普通科とか機甲科とかに行かなかったのか、よく理解できない。普通なら適性の高い部署に配置されるはずなんだが。

夜に山の中でライトも点《つ》けずに走るのだ。暗視装置はつけているが、当然嵌《は》まることも往々にしてある。訓練中ならそれを救出してくれるための部隊はあるが、この二人のコンビなら本番でも嵌まることなどありえない。

みんな、落ち着いていた。普通なら、かなりヤバイ場面なんだがね。俺たちには、充分対応できるレベルの状況だ。

「あ、ちょっとヤバイぜ。前に湧《わ》いた。ぼこぼこ増えてる」

「ちっ。しょうがねえな。今回はこれで終わりだな」

俺はイージスを強化し、そしていじった。前方に向いたM2重機関銃の弾が、こちらを守るイージスのあいだを通過できるように。そして、青山にひとこと。

「前にいるやつらをM2で片付けてくれ。アローブーストをかけるから、一発で倒せるはずだ。手加減するぞ。あまり火力を上げると、こっちまでヤバイ」

「了解。前方標的を撃破する」

だが、M2重機関銃の発射音は鳴り響かなかった。俺は一瞬、青山がやられたのかと思って焦った。

「どうした？」

「いや、前方の標的が消えた。どうなっている？」

青山が答えた。佐藤も、俺のほうを振り向いて言った。

「後ろのやつらも消えたぜ？」

「なんだと？」

「佐藤～、前～」

池田の妙に間延びした声が車内を通り抜けた。

「うわ、ぶつかる、ぶつかる」

いきなり前方に、まっくろな〝壁〟が現われたかのようだ！　エンジンの回転が落ちていくなか、ブレーキの音が響き渡った。

17　ようこそ異世界へ

「おーい、生きているかぁ」

「おーう」

「右に同じ」

「番号4」

「番号5」

「番号6」

「そして7」

「誰だよ！」

「皆の衆、おふざけはなしで。死んだやつはいねえよな」

さっきの現象は、いったいなんだったんだ。

「おい、肇《はじめ》、ここはどこだ」

俺はずり落ちていた体を引き起こして外をみたが、それは見慣れたあの大広間の風景だった。魔物はいない。代わりに、目をまん丸にした探索者の団体がいくつか。

「よお、おまえら。着いたみたいだぜ」

そう言われて、みんなも窓から眺めてみる。大勢いる探索者たちが、みんなこっちを見ていた。

「あ、あの子、狼耳なんじゃね？」

「あのおっさん、まんま虎やん」

「魔法少女発見！」

「エルフだよ、エルフ！」

「おおお。剣士っていうの？　つうか、あれって戦士じゃね？」

俺たちは、無事にクヌードへやってこられたようだ。

「あー、あんたギルマスのとこのスズキじゃない？　そんな物に乗っているし」

狼耳娘が可愛く小首をかしげて、のぞきこむ。顔を近づけないと、エンジン音がうるさくて声が聞こえないのだ。どよめく、むくつけき野郎ども。

「うっす、おまえは確か、ミランダだったか？　ちょっと家に帰っていたんだ。今日は友達も連れてきた」

「きゃっはっはっは。問題児が増えた〜」

ああ、言われちまったぜ。まさに、そのとおりだが。ちゃんと念話を使ってくれている。こっちの言葉はまだまだ怪しい。

顔見知りの探索者の連中がわらわらと、やってきて取り囲んだ。

「よお。しばらく見なかったな。解体場の餓鬼どもが、さびしがっていたぞ」

そうか。じゃ、先にそっちに行くかな。

「じゃあな、おまえら。また正《まさ》さんの店でなあ」

そう言って探索者たちに別れを告げて、俺は車を先に進めさせた。

「なんて言っていたんだ？」

うるさくて相手の声が聞えなかった合田が聞いてくる。いちおういろいろ記録をつけているのだ。

「あいつらは、みんな、正さんの店の常連だ」

「正さん、こっちでも、変わらなさそうだな」

山崎がのほほんと言う。

「まったくね」

「じゃあ、今夜は正さんの店で乾杯だな」

佐藤もご機嫌だ。今日メインで働いていたのは、こいつだからな。ねぎらってやろう。

俺たちは大広間を出て、外へと向かった。この車を見たことがないやつが、台座に乗った大型クロスボウの狙いを向けたが、指揮官が止めてくれた。俺は窓から手を振って、彼に挨拶をする。

「よお、ただいま〜。元気していたか、アラン」

「なんか人数増えていないか？」

アランは、塀の上から車の中をのぞくようにしていた。

「気にするな。全員、正さんとは顔馴染みだ」

「そうか、ならいい」

俺はへらへらと挨拶して、非常シャッターゾーンを越え、無事にこの世界にやってきた。そういや、この世界のことはなんて言うんだろう。俺はなんにも知らないわ。

「さっきの、隊長さん？　と、何をしゃべっていたんだ」

でかい声で合田が聞いてくる。もう、この車はやめようか。うるさすぎる。ほかにもいろいろ持ってきたし。ただ、何があるかわからないからな。高機動車だと、装備する武装が豆鉄砲になる。

国産車だから、あっちのほうが静かで乗り心地もいいけど。無理すればM2も積めるけどなあ。加工せにゃあならんだろう。確か、そのまま付かないって普通科の人が言っていたような。

「ああ、おまえらが正さんの知り合いだって言ったら、フリーパスにしてくれたよ」

「正さん、すげえな」

「ぱねえ」

「まあ、正さんのことだからな」

「狐耳のアニーさんは？」

「早く飲みてえ」

最後のは、当然山崎だ。

「まあ、そう焦るな。おまえら、まだ課業が終わる時間じゃないだろう。軽く街を偵察に行こう」

「うっす」

みんな、珍しそうに外の景色を見ている。荷台席なので外が見えない合田は、真ん中のトランスミッションの上に上がりこんでいる。青山もハッチの上からだと（女の子が）見にくいので、合田と雁首《がんくび》並べている。

「ダンジョンを抜けたら、そこは異世界だった」

「捻りがないな」

「ダンジョンを抜けたら、異世界の抜けるお店だった」

「おーい、まだ日は高いぜ」

「でも、あそこのネコミミのお姉ちゃんなんか、もうたまらんぜ」

「いやいや、きさまら、あそこの魔法少女を抜きにして何を語る気か」

「おおーっと、エルフさん発見」

俺たちの異世界（の女の子）探求は、かぎりなく続いた。

18 チビたちとの再会

そして、解体場にやってきた。時間的には頃合だろう。

青山に頼んで、ホーンを鳴らしてもらった。チビが飛び出してきて、集まってくる。

『ただいま、ロミオ』

『あ〜、ハジメだ〜！　久しぶりー。今日は変な格好してる〜。あれ？　誰、その人たち』

ロミオというのは、あのリーダーの子だ。最初のころは言葉が通じなくて名前もよくわかっていなかった。

これくらいの会話はできるが、聞くほうは念話だ。今の会話は念話を使いながら、俺が向こうの言葉でしゃべっているのだ。

ほかのやつらも、いっぱい寄ってきた。だが、俺の仲間には警戒している。仕方がないので、俺は連中に合図していろいろとやらせた。

動物の鳴き声や物まね、手品や、ジャグリング、コンビ漫才などなど。道具は俺が用意しておいた。自衛隊は飲み会が多いし、宴会芸には事欠かない。コンパでがんばって彼女捕まえないと、門限が厳しいからなかなか彼女はできないし。デートは土日が定番だ。早めの結婚が吉と言われている。結婚すれば、駐屯地の営舎でなく自宅から通えるしな。

当然、ここにいるやつらは、みんな独身だけれども。もう入隊してとっくの昔に二年以上たったから、結婚したら出られるはずなのだが。

俺は、子供たちにおみやげのお菓子を配って歩いていた。あの手を切った子も、キュッと首に抱きついてくれた。みんな、早速お菓子をパクついていた。

そして、ロミオが日本語で言った。数だけは言えるようにしておいてやったのだ。

「ロク」

いつものを六体出せと。俺は魔物をズラリと並べてやって、にやにやしていた。

「いったい何が始まるんだ？」

記録官の任務を受けている合田が、ビデオカメラ片手に訊ねた。

「なあに、見ていろよ。ここが、俺たちの世界とは違うのだということがわかるさ。しっかり撮れよ」

久しぶりで嬉しいのだろうか。子供たちは手に手に刃物を掲げ、満面の笑顔だ。

「お、おい……肇《はじめ》」

うちの連中も、これから何が始まるか察したらしい。

まず首や手足を落として、総がかりで血抜きをしていく。血は流れて下の地面を生臭く濡らす。腸を抜かれていく魔物。鳴り響く解体のシンフォニー。血の饗宴が始まった。皮が、肉が、血を滴らせて剝がされていく。断ち切られる腱、ゴギゴギと捻じられはずされていく骨。

獣人の子などは特に力が強いので、パーツをはずしていくのは彼らの役割だ。弾や破片なんかも器用にくりぬいていく。弾は大概抜けているので、手榴弾の破片が残っているとやっかいだが、そのあたりはおおまかにやって、あとは買主がやるらしい。

今度から倒しかたを考えるかな。今はイージスの盾魔法もある。

むくつけき自衛隊の一団の顔色が、どんどん悪くなっていく。解体を終えると、例によって、飴をせしめてバタバタと餓鬼どもが走り去った。やつらも随分と手際がよくなったものだ。あとには青い顔をした自衛隊員たちが取り残されていた。まあ、すぐ慣れるさ。

佐藤はただただ青ざめている。

「これが異世界かあ……」

そして、少し遠い目をした池田がつぶやいた。

「ケモミミ……」と。

「うん、地球だって国によれば、こんなもんだよね」

と、合田。外国の資料とかいろいろ見ているのだろう。

「耳と尻尾は可愛かったよね」

青山君は、どこをスナイプしていたんだ？

「レンジャーめざしていると思えば、あんなもんじゃないか？」

ちょっとずれているのは当然のように山崎だ。う、レンジャー訓練を思い出しちまったぜ。

「ま、まあ、次は探索者ギルドとやらか？」

かろうじて、お仕事モードの運転手が踏ん張った。

「ここから五百メートルくらいだけどな」

俺たちは、道行く人の注目を浴びながら、爆音を響かせて探索者ギルドへと行軍した。

ほんの一分ほどね。

そして、俺たちはクヌード自治管理官スクード・ギュフタープの前で、整列し敬礼をしていた。

〔で、スズキ。これはなんの冗談だ？〕

「そう言われても困るんだけど。あっちもいろいろ事情があってな。ただいま」

〔おかえり。で、おまえがいうところのおみやげとやらはあるのか？〕

「うん。実を言うと、おまえさんたちが何を欲しいのかというのを調べるのも、俺たちの仕事ということだ。調査さえやっていれば、あとは遊んでいていいと上司から言われている。後ろの連中も似たようなものだ。こいつらは国から雇われているんだけどな。俺の古巣のやつらだ」

スクードは、机に肘を着いてもたれかけながら、ゆったりとこちらを眺めていた。

〔つまり、おまえはお友達を連れて遊びに来たと？〕

「わかっているなら訊くなよ」

そして、俺はいろいろな物品をマホガニーの高級机の上に並べ立てた。

「で、あんたはどれがいいんだ？」

結局、顔見知りを集めて、おみやげの分配を始めた。

スクードは、インク汲み上げ式の高級万年筆とインク。アンリさんは基礎化粧品のセット。マメな山崎が使いかたを指導している。こいつは、別にこんなことのために連れてきたわけじゃないんだが、こういう仕事もさらっとこなす。こんな男がなぜ、風俗通いなのか？

アニーさんには何がいいのか凄く迷った。美人だしなあ。いちおう油揚げも持ってきてある。

結局ブランドの洋服にした。見た目や映像からサイズを推定しただけなので、ちゃんと適正サイズであるか気になるのだが。確認する勇気はなかったんだ。

奥から師匠《リーシュ》がやってきたので、魔法少女変身キットを進呈した。いや、単に魔法少女のコスプレなんだけど。わざわざ秋葉原まで買いに行ってきたのだ。どれがいいかわからなかったんで、大人買いしてきた。

いろいろ広げてみて、気にいったらしい。礼を言ってくれた。本物の魔法使いが、それでいいのかいな。おみやげのお菓子もあげておいたけど。

ギルドのみんなで、いっぱい買ってきたお伊勢参りの名物を食べた。なんか、新鮮な味わいだったらしい。チビたちも結構喜んでいたしな。ちゃんと歯はしっかりと磨かせた。

そして、俺たちは異世界の宿屋をめざした。この街の俺たちの宿舎になる。

まあ、なんということはない。前に俺が使っていた宿だ。

『よ！　ラーニャ』

ラーニャというのは、最初に出会った宿屋のピンク髪をした少女だ。あまりに可愛らしいので、後ろの男連中がやにさがっている。

『今日は団体さんね。お部屋はどうするの？』

『どんな部屋が空《あ》いている？』

『そうね、全員泊まれる部屋は無理ね。四人部屋を二つでどうかしら』

『それでいい。とりあえず、二泊分頼む』

これくらいのトラベル会話はできるようになった。

俺は大銀貨六枚を出した。美少女は鍵を二つ出してくれた。

こうして俺たちは、異世界における拠点を手にいれた。

さあ、いよいよ待ちに待った冒険の始まりだ。

あとがき

初めまして、緋色優希《ひいろゆうき》と申します。

『ダンジョンクライシス日本』、いかがでしたでしょうか。この作品は、いま流行《はや》りの〝異世界もの〟ではあるのですが、どちらかといえば主人公のホームベースは日本で、そこから毎回〝異世界へ出撃する〟という、ちょっと変わったストーリーになっています。比較的リアルなスタイルで書かれているので、ファンタジー感にはややとぼしいかもしれません。

本作は、こんなストーリーにすれば、いわゆる〝異世界もの〟とはひと味違ったものができるのでは、と思いつき、書きはじめました。

一般的な〝異世界もの〟と呼ばれる小説でよくあるのが、そのへんにいるごく普通の学生やサラリーマンが、突然異世界へ行ったにもかかわらず、そこでいきなり大活躍できてしまうというものです。まさしく自分でも、『おっさんのリメイク冒険日記』ではそういう内容の〝異世界もの〟を書きました。

そうした作品に対してよく言われることは、「そういうのはリアリティがない」とか、「そんなことできるわけがないだろう」とかいう批判です。

「だったら、もう少しリアルな小説を書いてやろうじゃないか」というのも、この作品を書くもうひとつのきっかけでした。とはいうものの、今度は少々マニアックな内容になってしまったかもしれません。自衛隊という、知名度が高いにもかかわらず、あまりその実態は知られていない団体をとりあげたのですが、やはりむずかしいですね。

ですが、異世界などという未知の世界で〝冒険をする〟、〝危機を乗り越えていく〟ということを、〝本当にやる〟という設定であれば、日本では自衛官、あるいは元自衛官のような厳しい訓練を受けた人たちでないと、本来は無理だと思ったからです。

作品自体は、まだ書籍化のお話など微塵もないころから、実際に自衛隊の駐屯地などを何度も見学に行くなどして、作りあげていきました。

本作もこの先の二巻へと進み、子供のころからの憧れだった早川書房のみなさまと、また一緒にお仕事ができたらいいなと考えております。

それでは、再び読者のみなさまとお会いできる日を楽しみにしております。

本書は、小説投稿サイト《小説家になろう》に掲載されている作品、『ダンジョンクライシス日本』の第一章と第二章を、著者が加筆修正したものです。

著者略歴　1963年生，作家　著書
『おっさんのリメイク冒険日記』

HM=Hayakawa Mystery
SF=Science Fiction
JA=Japanese Author
NV=Novel
NF=Nonfiction
FT=Fantasy

ダンジョンクライシス日本《にほん》

〈JA1365〉

二〇一九年三月二十日　印刷
二〇一九年三月二十五日　発行

（定価はカバーに表示してあります）

著　者　緋《ひ》色《いろ》優《ゆう》希《き》
発行者　早川　浩
印刷者　大柴正明
発行所　株式会社　早川書房
郵便番号　一〇一 - 〇〇四六
東京都千代田区神田多町二ノ二
電話　〇三 - 三二五二 - 三一一一（大代表）
振替　〇〇一六〇 - 三 - 四七七九九
http://www.hayakawa-online.co.jp

乱丁・落丁本は小社制作部宛お送り下さい。
送料小社負担にてお取りかえいたします。

印刷・株式会社亨有堂印刷所　製本・株式会社明光社

ISBN978-4-15-031365-4 C0193

本書は活字が大きく読みやすい〈トールサイズ〉です。